光文社文庫

文庫書下ろし

ぶたぶたのシェアハウス

矢崎存美(ありみ)

光文社

この作品は光文社文庫のために書下ろされました。

目次

ワケアリの家

門倉実里は、ある家の前で途方に暮れていた。ここ、ほんとに、今日から自分が住む女性専用シェアハウスなんだろうか……。

背の低い草木や花の植え込みが適度に視界を遮る小さな庭の向こうには、大きなガラス窓が見える。木目調の内装と立派なキッチンは、シェアハウスというより、おしゃれなキッチンスタジオみたいだった。温かみがあってすてきだ。

白い門柱みたいなポールに掲げられた大きな表札には、友人・平手弓花から渡されたメモと同じ住所と、「シェアハウス&キッチンY」という名前が書いてあるが、シェアハウスの要素はどこにあるのか。二階建てみたいだから、上がそうなのかな。

「ここならセキュリティもちゃんとしてるし、何より大家さんがすごくいい人だから。とりあえずここでしばらく様子見ようよ。ね？」

弓花はそう言っていたが、セキュリティというのはシェアハウスに見えないということも込みなのだろうか。

ずっと突っ立っていても仕方ないので、意を決して敷地へ足を踏み入れる。ガラス窓の脇に、大きな白いドアがあった。ここでいいのかな……実里は不安だった。何に不安なのかわからないところが、一番の不安なのだが。

インターホンを押すと、

「はい」

すぐに男性の声が返ってくる。え？　女性専用シェアハウスなのに男性がいるの？

実里はちょっとパニックになる。やっぱり弓花についてきてもらえばよかったかな。いつも迷惑をかけているから「一人で大丈夫」って言ってしまったことを、後悔した。

でも、それはこれから一人でやっていこうと自分で考えたからなんだから。

「あの、門倉といいますが――」

「あー、はいはい、聞いてますよ。門倉実里さんですね？」

「は、はい」

ドアがゆっくり開いた。しかし、誰もいない。

「ごめんください……」

声をかけると、いきなり、

「下ですよ、下」

と声がかかる。

下を向くと、そこには小さなぶたのぬいぐるみが立っていた。バレーボールくらいの大きさの桜色で、黒ビーズの点目と突き出た鼻、大きな耳のぬいぐるみだった。右耳はそっくり返っている。

「どうぞ、入ってください」

鼻先がもくもくと動くと、そんな言葉が聞こえた。中年男性の声だ。さっきインターホンから聞こえたのと多分同じ。

ぬいぐるみは脇によけ、濃いピンク色の布が張られた短いひづめみたいな手？　が中を指し示す。うわー、動いた。なんと自然で精密な動き。

実里の足は動かない。ぬいぐるみの動きを見ているうちに、自分の足の動かし方を忘れてしまったみたいに。

ぬいぐるみがこっちを向いた。うっ、と声が出そうになって、必死にこらえる。

ぬいぐるみの点目の上に八の字のシワが寄り、困ったような顔になった。

「あ、びっくりさせてしまいましたね。すみません。わたしはここのオーナー兼管理人の山崎ぶたぶたといいます。どうぞお入りください」

え、オーナー？ ということは、このぬいぐるみが大家さん？ 弓花が「すごくいい人だから」と言っていた人？ 人じゃないけど。

記憶をたどると、「山崎さん」とは言っていたような……どうして下の名前も教えてくれなかったの？ ぬいぐるみってことも！

……でも、信じなかったかもしれないな。目の当たりにしても信じられない。

ここに入ってしまっていいんだろうか、と実里は迷う。苦労してここまで来たのに。ここからやっと自分の人生を歩めると思っていたのに。

このままでは現実ではない世界に行ってしまいそうで、実里はこのドアから入ることに躊躇していた。

実里の親は、いわゆる「毒親」だ。

外面はいいので、傍目にはよくわからないらしい。だが、実里は小さい頃から、母親に管理というか、支配されて暮らしてきた。ちなみに父親は空気のような存在で、娘にも妻にも無関心な仕事人間だ。自分にも被害が及ぶのを恐れて、決して娘をかばうことはない。

母は、「お前のためを思って」と言いながら、娘のすべてを否定する母親だった。理由は、実里に「謙虚な人間になってほしいから」。うぬぼれた女ほど、見苦しいものはない、と口癖のように言っていた。派手なデザインや色の服は着てはいけない、短いスカートやパンツもダメ、ノースリーブもダメ、水着も着るな、髪も伸ばしてはいけない――実里にはたくさんの制約があった。おとなしい実里は、小さい頃は言いなりになっていた。何よりも楽だから、と思っていたが、実際はすべて母親が先回りして決めたりやったりしてしまうので、無気力になっていたらしい。最近受け始めたカウンセリングで、そんなことを言われた。

今も、自分で何かを決めたりするのは「しんどい」と感じる。不安なのだ。

「お前には決断力が欠けているから、ママにまかせておきなさい」

と母親に言われ続け、それが呪いのようになっているから。

もう一つ、大きな呪いがある。

「お前は不細工だから」

それで、「おしゃれをしてもしょうがない」と禁止されていたのだ。

高校までの友人たちは、そのような制限や「呪い」について「ひどい」と言ってくれたり、なぐさめたりしてくれたが、特にそれ以上のことはしてくれなかった。それに関して実里は何も感じるところはないが、大学で知り合った弓花だけは、なぜか過剰と思えるほど反応した。

「それはひどいよ！」

弓花は、いわゆるギャルだ。おしゃれやメイク大好きなリア充で、自分で、

「間違ってこの大学に入ってしまった」

と言っていた。

「先生にすすめられて受けてみたら、合格しちゃって。親兄弟親戚ほとんど大学に行ってなくて、しかもここ偏差値高いところだから、みんな大喜びしちゃって、絶対に卒業しろって言われたんだ」

しかし、本当の成績とのギャップがありすぎて、早々に授業についていけなくなる。そこで実里は目をつけられた。

実里も知り合いがおらず、ぼっちだった。本当はもっと遠くの大学へ行きたかったのだが、当然一人暮らしなど母親が許してくれない。自宅から通える範囲で、母親のお眼

鏡にかなう大学はここだけだったのだ。

どちらにしても実里と弓花は他の女子から浮いていた。実里は地味すぎて、弓花は派手すぎて。そんな両極端の二人が知り合い、仲良くなった。

実里は最初、弓花に圧倒され、恐れおののいた。母親に、

「派手な格好するような子とはつきあわないでよ」

と昔から言われていたこともあったが、弓花はとにかく明るく、物怖じしない。そして、言葉遣いが荒っぽい。実里は実里で、話しかけられて怖いと思ってもちゃんと断れない。何回かはやんわりと逃げたのだが、彼女はあきらめなかった。

そのうち、弓花が本当に困っているということが実里にもわかってきた。大学の授業についていきたいと本気で思っているのも伝わったので、「勉強を教えるだけなら」という条件で授業に一緒に出るようになった。

すると次第に、弓花の本当の性格が実里にも見えてきた。

彼女はなんでも果敢に挑戦し、玉砕しても立ち直りが早い。心無いことを言われても気にしないし、鋭いツッコミに言った方がたじたじとなることが多い。成績はともかく、地頭の良さがある子だった。だから、少し教えただけですぐにコツをつかみ、

授業についていけるようになる。

学校の成績は優秀だったが、なにごとにも積極性がなく、オドオドして、人の顔色をうかがってばかりの実里は、彼女のように屈託も偏見もない態度や言動がうらやましくなってくる。言葉遣いが多少荒くても、気遣いができて実は優しいということにも気づいたのだ。

実里のことなのに、自分のことのように怒ってくれた人は、弓花が初めてだった。

「母親が！　娘に！　女の子に！　何度も何度も不細工って言うなんて！　そんなの毎日殺されてるのと一緒だよ！」

独特で極端な言い回しだったが、「毎日殺されてる」という言葉に、実里はうなずいてしまった。毎日鏡を見て、泣いていたことも思い出した。

高校の頃までの友だちもそれを聞いたら、「えー、ひどいね！」とは言ってくれたけれど、次の日には忘れられていた。が、弓花は忘れなかった。次の日も、その次の日も、

「あー、腹立つ！」

と言い続け、ついに、

「あたしがメイクしてやる！」

と大量の化粧道具を大学に持ってきた。

「え、そんなのいいよ……」

メイクなど、実里はしたことがなかった。もちろん、母に禁止されていたから。

「あたしほんとは、高校卒業したら美容師の学校行こうと思ってたんだー。ヘアメイクが昔から大好きだから、資格とって店持とうと思ってたの」

実里の拒否は聞こえていないようだった。学生サロンのすみっこの椅子に座らされ、手早くメイクを施される。ほんとにささっと、誰も周りにいない間に。

「実は入学式の時に実里見かけて、『すごく化粧映えする顔だな』って思ってたんだ。メイクしたくてたまらなかったから、友だちになりたかったの」

メイク中にそんなことを言われてびっくりする。

「え、勉強のことは？」

「それはあとづけっていうか、オマケみたいなもんだよ～。あたしにとってはラッキー？」

勉強以外のことで自分に近づきたがる人がいるなんて、実里は思ってもみなかった。今までの友だちは、そんなふうだったから。

「実里にその気があればどんな顔にだってしてあげられるよ。五分くらいのメイクでもけっこう変わるんだからね」

五分もかからなかったのではないか。

「うわー、やっぱ映えるねー！」

差し出された手鏡を見て、実里は驚いた。よくマンガとかで（マンガもほとんど読んだことはないが）こんな時に驚くようなシーンがあるが、本当に、

「え、これ、あたし……？」

と言ってしまった。清楚なお嬢さまのようだった。地味な服装によく合っているように思える（自信がない）。

「ねえ、前に行きたいって言ってたカフェに行こうよ！」

「えっ!?」

「なんかー、ネットでパフェの記事見て『おいしそう……』って言ってたじゃん？あそこ、行ってみようよ！」

「でも……」

「『ああいうところは、不細工なお前には似合わない』ってママが言ってたんでしょ？

不細工じゃないって！　しかもこんなにきれいになってんだよ！　あのカフェが似合わないわけないっしょ!?　きれいにしたあたしが言ってんだから間違いないし、そんなあたしにつきあってくれないなんて、許さないよ！」

その物言いに、実里は笑ってしまう。

「行ったことをママに言わなくてもいいんだし、バレたらあたしに無理に連れていかれたって言えばいいの。『ちゃんと断れ』って言われたら、『ママとは違って、あたしにはつきあいがある』って言ってみ？」

「つきあい？」

「友だちづきあいってことだよ」

弓花に「友だち」と言われてちょっと感動してしまう。が、顔には出さない――出せない。それより、

「……ママに友だちがいないってどうして知ってるの？」

「ただの勘だよ。他に仲のいい人がいないから、実里に執着してんじゃない？」

リア充らしい分析、とその時は思った。

「じゃあ、今度そう言ってみるよ」

「でも多分、すごく怒ると思うよー」

ええ……と思ったが、母は基本的にあまり感情的にはならない。淡々と諭すという感じなのだ。もちろんたまに泣いたりもするし、声を荒らげる時もあるが、めったにない。その程度で終わるだろうと高をくくって、本当にそう言ってみたら、母はものすごく怒った。というより、罵られた。一時間くらい怒鳴られただろうか。実里は恐怖におののいた。

弓花の洞察力にも驚いたが、その時初めて、弓花にしても母にしても、誰かに言われたとおりのことをしているだけではいけない、と思った。自分でちゃんと判断しなければ。

しかし、その自信がないのだ。

だから、ぬいぐるみのいるシェアハウスに入るのに、実里はためらう。

弓花のことは信用している。それでも、足が進まない時がある。信用している人のアドバイスと、自分の自信——その二つがなければ、本当はダメなのだ。それは充分、頭ではわかっている。

だが、心は言うことをあまり聞いてくれない。

「平手さんから聞いてますよ」

弓花の名前が出てハッとする。ちょっとぼんやりしていたらしい。

「弓花……平手さんとは、どのような関係なんですか？」

「平手さんのお父さんに、このシェアハウスを建ててもらったんですよ」

「えっ」

そういう知り合いとは思わなかった。もっとこう……なんだろう、ファンタジックな知り合いかと。どうファンタジックなのかは具体的に浮かばないけれども。

「この街で建築会社をやっているので」

それは聞いている。親族で地元に根づいたいろいろな事業を手広くやっているそうで、実は弓花は、けっこうなお嬢さまなのだ。「いや、親が金持ってるってだけだからね。しかもケチだから。使い方には厳しいんだよ」とよく言っているが、ケチな親は大学の学費を出してくれないと思う。

実里だって、よく母が大学に行かせてくれたものだ、と思っている。父が言ってくれたのではないか、と考えているが、確かめるすべがない。

「弓花さんは当時高校生で、たまに仕事中のお父さんにお弁当を持ってきてました。それで知り合って」

「……そうなんですか」

なんて現実的な出会い。なんだか気が抜けてしまう。

「ここのシェアキッチンは、近所の人も自由に使えるようにしてますから、弓花さんとそのご家族も通ってきてくれましてね」

シェアキッチン——確か弓花から「うちの第二の台所なんだよ」と聞いているが、食堂とかとどう違うのか、いまいちわかっていない。

「あ、ちょうどおやつのケーキが焼き上がったところなので、お茶でも飲みませんか？」

周囲にいい匂いがたちこめている、と初めて気づく。

「あ、はい……」

「それとも、荷物を部屋に置いてからにしますか？」

実里はちょっと迷ったが、スーツケース一つとはいえここに置いておくのも邪魔だろうと思ったので、

「じゃあ、荷物を置いてから」

と言う。

「では、お部屋にご案内しますね。今の時間帯はキッチンから二階に上がれないので、外から回りましょう」

つまり、実里とぬいぐるみはキッチンの入り口で立ち話をしていたのだ。

「どうぞ、こっちです」

ぬいぐるみは先に立って案内してくれた。キッチンの入り口は、いわば正面玄関みたいなものらしい。脇に回ると、外階段があり、そこを二人で上る。先に行くぬいぐるみにはちゃんとしっぽがあり、ぎゅっと結ばれていた。

二階の玄関には暗証番号のパネルもついた頑丈そうなドアがついている。ぬいぐるみはいきなり玄関脇の植木鉢に乗る。何してるの？

「鍵はこことお部屋の二本お渡しします。暗証番号決めてください」

植木鉢を台にしてパネルを操作し、暗証番号入力の画面を出した。うわ、あんな柔らかそうな手で、よく操作できるな、と感心してしまう。

「どうぞ」

くるりと背を向ける。え、あ、番号を今ここで決めろということか！　一瞬あわてるが、これはあらかじめもらった入居に関する手引きにも書いてあったと思い出す。ちゃんと決めてあった。実里が入力すると、

「はい、じゃあ入る時は必ず暗証番号入れてくださいね」

そう言って鍵を二つ渡される。

中に入ると白い壁と白木のすっきりシンプルな内装が見えてくる。玄関で靴（くつ）を脱（ぬ）ぎ、割り当てられた靴箱にしまう。

廊下を挟んでドアが並んでいた。

「部屋は全部で六室あります。門倉さんの入居で満室になりました」

一番奥の西側の部屋に案内された。六畳ほどのワンルームで、電気ポットと小さな冷蔵庫、造（つく）りつけのクローゼットとロフトもある。テレビやエアコンなどの家電（かでん）もついているから、身の回りのものを持ってくれれば、すぐに暮らせるのだ。

「Ｗｉ－Ｆｉも使えますよ。これ、パスワードです」

と名刺サイズのカードを渡される。

角（かど）の部屋なので、窓が一つ多くて、明るい。外を見ると、ごく普通の住宅街が広がっ

ていた。家が密集しているが、道路に面しているので、圧迫感はない。道や塀を歩く猫も何匹か見かけた。外の猫にも優しいのんびりとした街のようだ。駅からここに来るまでに下町の雰囲気がある大きな商店街を通ってきた。弓花やその家族のように、騒がしいが温かく、活気がある。

実里の実家がある街は、隣の県の新興住宅街だった。モダンで立派な家や低層のマンションが多いが、似たような外観ばかり。ショッピングモールや学校、公園などは計画的に作られ、整然としているが、今いるこの街ほどの面白みはない。近所づきあいもほとんどない。

「荷物置いたら、共同の洗面所とお風呂案内しますね」

二階入り口近くに水回りがまとまっていた。朝混雑しないように洗面台は複数あり、トイレもお風呂場も広めに作られていた。コインランドリーとシャワーブースもある。

「お風呂とランドリーの時間は決まってますから、気をつけて。シャワーはいつでも使えますけど、二つしかないので譲り合って使ってください」

「わかりました」

一人暮らしも共同生活もしたことのない実里としては、どちらもうまくできる自信はなかった。でも選択肢はあまりない。何よりも費用だ。共有部のあるアパート――シェアハウスならば、家賃が安い。お金のない実里はそちらを選ぶしかなかったが、弓花がすすめてくれるのならば大丈夫だろうと――そう思えることも決め手となって、ここに決めたのだ。

うまくやっていけるかまだまだ不安だが、ここで暮らすって決めたんだから、がんばらなくては。

「荷物を片づけたら、キッチンに来てくださいね。朝食と夕食時はそこの階段からキッチンに出入りできるんですが――」

洗面所脇に下へ降りるもう一つの階段があった。

「――今の時間帯は下の玄関からしか入れません。でも、鍵はかかっていないので自由に出入りできますよ」

さっきはわからなかったから、インターホンを使ってしまった。

「はい」

荷解きはすぐ終わるだろうから、あとでもいい。スーツケースを置き、手洗いうがいなどをして、また一階へ降りた。

改めてキッチンの中を見回す。二階や外観は白を基調にしているが、ここはたくさん木が使ってあった。温かみがある。木のパネルが貼られた真ん中の大きなアイランドキッチンにはシンクやコンロが複数あり、何人かが一緒に料理を作っても余裕のある造りになっている。周囲には少し高めのカウンターも備えつけられている。巨大な一枚板のテーブル、壁や窓際に小さなテーブルとソファ、木のベンチなど座れるところもたくさん。いろいろな椅子が思い思いの場所に置いてあった。中古みたいなのもあれば、手作りっぽいのもある。

ぬいぐるみ——そうだ、名乗ってた、山崎ぶたぶたって——が、アイランドキッチンの中に立って、お茶をいれている。

ん？　中に立って？

「あ、どうぞ、座ってください」

大きなテーブルを短い手で示す。実里は素直に座った。どうもシンクなどの内側に、ぬいぐるみの身長（？）に合わせた段差があって、そこに立つとまるで普通に立っているように見えるのだ。つまり、そういう注文に応えたのも弓花のお父さんということ？

ぶたぶたは一瞬下に引っ込んだと思ったら、アイランドキッチンの脇からひょこっと

現れる。頭の上にカップとお菓子の皿が載ったトレイを掲げていた。うわっ、危なっかしい——しかし実里が手を貸す前に、

「どうぞ」

きれいなティーカップに注がれた紅茶とパウンドケーキがテーブルにぱぱっと置かれてしまう。そして、実里の隣にちょこんと座った。いつのまにかぶ厚いクッションを敷いて。

「あっ、何も訊かずに紅茶にしてしまったけど、よかったですか？　ケーキにもちょっとお酒が入ってるけど——」

「大丈夫です。おいしそう」

好き嫌いなく、なんでも食べられる。

ケーキはフルーツケーキだった。大人の味わい。ドライフルーツもいっぱい入っている。紅茶に合う。

「おいしいです」

「そりゃあよかった」

ぶたぶたは実里の返事に満足したようで、自分のカップを取り上げ、こくんとひと口

飲んだ。多分。正確には、鼻の下に押しつけられたカップが傾き、紅茶の中身が少し減った、ということなのだが。

フルーツケーキも、小さなフォークを器用につかんで動かし、一口大のかけらをやはり鼻の下に持っていく。もぐもぐとほっぺたのあたりが動くのが不思議でたまらない。

「で、シェアハウスについてですが」

そう言われて、はっと居住まいを正す。つい夢中で見てしまう。

「門限は特にありませんが、夜遅い、あるいは朝早い時はなるべく静かに出入りしてください。水回りの共有スペースの掃除はスタッフがやりますが、個室はご自分で掃除してくださいね。掃除機などはお貸しします。お風呂に関してはさっきちょっと説明しましたけど、時間帯についてはこちらを――」

と細かいルールを記した冊子をもらう。あの手でよく持てるな、としげしげ見てしまう。

「で、ここなんですが」

キッチンを見回しながらぶたぶたは言う。

「朝の時間帯はシェアハウスの人のみが利用できます。朝食は自由にとってもらってかまいません。夕食も家賃に含まれていますが予約制で、シェアハウスの住人以外も利用します。予約というか、たいていみなさん、朝『今夜はここで食べる』と言って出かけるという感じですかね。もちろん自分で作ってもいいですよ。食事の提供が終わる時間も決まってますから、それ以降は各自で用意ということになります。お昼のお弁当は別料金ですが、これも前日までの予約をお願いします」

「お弁当も作ってもらえるんですか？」

「そうです。何しろシェアキッチンですからね」

楽しそうに手を振り回しながら言う。耳もゆらゆら揺れる。

「シェアキッチンなので、昼の時間帯は近所の人というか、会員の方が出入りします。会費を払った人が食材や調理器具など自由に使い、料理を作って自分で食べたり、他の人に振る舞ったりするんです。食に関するイベントなども週末や月ごとに開いたりしています」

なんだか楽しそう。実里は食べることが好きだ。料理も一応するが、まだまだ勉強中。実家にいた頃は、母の好みがうるさく、栄養バランスが整っていないと怒られたりしたので、少し嫌いだったのだが——こんなすてきなキッチンで、料理できるの？

「わたしもここで料理してもいいんですか？」

「はい、どうぞ。入居者は会員扱いですから。常識の範囲内なら冷蔵庫を自由に使ってかまいませんよ」

「弓花もここを利用してたって言ってましたけど、料理作ってたんですか？」

そんなような気配は少しも感じたことはないが。

「弓花ちゃんは食べるの専門ですね」

やっぱり。

「手伝ってはくれましたが。あと子供の面倒みるのが上手でね」

そうなのだ。なぜか子供がすごくなつく。「五人きょうだいの長女だから、子供の扱いに慣れてるだけ！」とは本人の弁だ。

「あの弓花ちゃんが、会社員になる日が来るとは」

今日は平日だから、会社に行っている弓花はついてこられなかった。彼女はなんと外資系の化粧品会社に正社員として新卒で採用されたのだ。

「入社式に金髪で出たんでしょ？」

「そうです。それが許される会社だから、そこにしたって言ってました」

「この間、英語の研修があるって愚痴ってましたよ」

「でも、弓花なら大丈夫だと思いますよ」

「そうですねえ。ダメ〜！　って愚痴ってみんなに励ましてもらって手伝ってもらって、なんとかしちゃうのが弓花ちゃんですよね」

弓花は、弱みを見せることに躊躇がないのだ。いろいろな人に甘え、頼るが、決して利用はしない。言ったことは守るし、実は負けず嫌いだし、その分努力もするから、ダメだった時も甘えた人たちから非難されたりしない。

「依存先を分散させるのが本当の自立だ」と聞いたことがある。まさにそれを上手にやっているのだ。

それにひきかえ、自分はどうだろう。甘えることができないし、誰が信頼できるかもわからない。弓花だけは頼れると思っているが、彼女にだけ甘えても負担になってしまう。

だから、自立するためにここに来たのだ。

本当は教師になるつもりだった。教職の課程もとっていたし、教員免状もある。でもそれは、母親に昔から言いつけられていたことだからだ。実里に特に思い入れはない。

その話を弓花にすると、

「あたし、先生にいい印象が――っていうかあたしにも先生がいい印象なんか持たないだろうけど、まあ、あんまり馬が合う先生はいなかったよ。大学行けって言ってくれた高三の時の担任くらいかなあ」

その先生は、職員室で笑い者になったという。「あんな奴が受かるわけないだろ」って。それを知って、弓花も発奮したのだ。

「割とバカ高校だから、しょうがないんだけどさー。こんな大学に受かった子どころか受験した子もいなかったんだよねー」

弓花の担任のような先生に出会えたならば、教師になってもいいと思えたかもしれないけれど、実里自身も先生にいい印象はない。いじめられたり無視されたことを相談しても何もしてくれず、むしろ加担するようなこともあったし。

しかも今の先生は激務だとわかっている。授業や生徒とのコミュニケーションだけでなく、職場での人間関係もうまくやっていかなければならない。実里にはそんな器用にできる自信がなかった。ただ、勉強を教えるのは好きだ。大学時代、唯一許されたアルバイトは家庭教師で、主に小学生に教えていた。楽しかったし、子供からも親からも感謝されて、それだけはちょっと自慢に思えるのだ。

弓花にも、

「勉強の教え方、すごく上手だと思うよ！」

と言われて、うれしかった。

「実里がいなかったら、今のあたしはないよ！」

彼女がほめる時はいつでも全力だ。でも、卒業式で両親や親戚からも泣いて感謝されたのにはびっくりした。

「あんたは弓花の一生の恩人だ。何かあったら絶対に言ってくれ」

弓花以外に頼ってもいいんだろうか、とその時初めて思った。実際に頼るかどうかより、そう思えることの方が大切なんだ、と知ったのだ。

だから、学校の教師になるのではなく、とにかく何か教育に関する仕事につきたいと考えた。とりあえず、塾の講師のバイトを始めることにする。その子に合った勉強の仕方とか、どこでつまずいているのかとかを一緒に見つけてあげるのがうまいと、家庭教師をやっている時、ある親御さんから言われたのだ。どこから勉強に手をつけたらいいかとか、何に自分が向いているのかわからないとか、そのせいで劣等感ばかりを抱くなんて、生きにくくなるだけだから、そういうのを少しでも解消してあげたい。

　ところが、家庭教師のバイトと大して変わらないから母も許してくれるだろう、と思っていたのが間違いだった。母は、「つきあいがあるから」と言った時と同じくらい怒った。

「せっかく大学に行かせたのに！　学費をどぶに捨てるようなことを！」

　そう言われると、反論できなかった。

「どうして学校の先生になれないの!?　努力が足りないのよ！」

　それにも反論できない。なぜなら、教師の採用には応募しなかったからだ。それは母に黙っていた。最近は、母に重要なことは話さなくなっていた。嘘はあまり慣れないので、話をはぐらかすことが上手になってきた。

　だってもう、実里は疲れ切っていた。毎日毎日母から小言を言われないように振る舞っていても、日に日に言われることは増えていく。顔を合わさないよう避けても、それにまた文句を言われる。家に帰る時間が遅ければ、「警察に通報する」と脅す。

　はたちになった時、「成人したんだから、家を出ればいいんだよ」と弓花から言われたが、父と母の仲が悪いので、実里が家を出たら母は独りぼっちになってしまう。それがなんだかとてもかわいそうで、家にいるままでうまい落とし所を考えていたのだ。

「働きだしたら給料は半分家に入れてもらおうと思ってたのに」

　母は言う。

「……それってどういう意味？」

「どうせあんたはお金の管理なんかできっこないんだから。親が管理するのが当たり前でしょう？」

　それを聞いて愕然となる。成人したら、あるいは大学を卒業したら、一人前に扱ってくれると思っていたのに。母にとってはそういう問題ではないらしい。

「まあ、いいわ。落ちたんなら、来年がんばりなさい」

「あたし、教師にはあんまり向いてない気がする……」

「向いてる向いてないなんて、あんたにわかるわけないでしょ!?」

　その時になって、ようやく母が「娘のため」にいろいろ言っていたわけではない、と気づいた。母は「学校の先生になった娘」が欲しかっただけなのだ。

　でも一縷の望みを持って、実里は言った。

「学校の先生じゃなくても勉強は教えられると思うの。あたしは、勉強を子供に教えたいけど、他のことはそんなにできないから……」

「それが学校の先生とどう違うの？」

以降も母と話が食い違う。母にとって「勉強を教える」ということは、教師にしかできない特別なことのようなのだ。

実里はなんとか話し合おうとしたが、そのうち母の方が話を避けるようになってしまう。

結局、実里の方が音を上げた。弓花がすすめてくれたこのシェアハウスに移ったのだ。黙って、逃げるように。ここの住所は教えていない。携帯電話の番号とメッセージアプリで連絡を取るだけだ。

とりあえず、と実里は自分に言い聞かせている。いつか和解できるかも、と思っているから。母が自分のことを理解してくれるかもしれない、と。

「あの」

実里は思い切ってぶたぶたに訊いてみた。

「ここはワケアリの人が多いと聞いたんですが」

弓花がここを教えてくれた時、チラッと言っていたのだ。

「いや、そこまでじゃないと思いますよ」

ぶたぶたは言う。

「問題があるにしても、それは人なら大なり小なり持つものです。ワケアリになんてなりたくてなるもんじゃないと思いますし」

そうだよね……。実里にも「ワケアリ」の自覚はある。もしかして二度と実家には戻れないかもしれないし、親と断絶してしまうかもしれない。母は今のところスマホに怒濤のメッセージを入れてくるだけだが、これからどうなるかわからない。

自分がなりたくてそうなったわけじゃないのだ。

「それに『ワケアリ』って言ったら、わたしが一番かもしれないですからね！」

そう言って、なんとなくだが胸を張ったように見えた。実里は思わず噴き出す。そうかー、ぬいぐるみだもんね。これが「ワケアリ」じゃなくてなんなんだと。

「まあ、別に悩んでるわけじゃないんですけどね」

実里も、「ぬいぐるみに比べれば」なんて思わないけど、ぶたぶたとしゃべっていると、なんとなく「みんな何がしかワケアリなのが普通」と思えてくるから不思議だ。

実里のシェアハウスでの生活が始まった。

シェアハウスは六部屋あり、七人が住んでいた。一組は辻本というお母さんと小学生の女の子だ。

仕事をしている人は、朝から忙しい。実里の出勤は、学校が休みの時は早く、平日は午後からだから、洗面所をずらして使ったり、朝ごはんの支度をしてあげたりしている間に、みんなと仲良くなれた。いや、普通にしゃべれるようになった、というべきかな。

支度といっても、ごはんを炊飯器からよそってあげたり、味噌汁やスープを取り分けたり、パンを焼いてあげたりくらいなのだが。それらはみんな交代で手の空いている人がやるのだ。

料理はなんと、ぶたぶたの担当だ。特注の台を軽やかに動き回りながら、玉子を焼いたり、ベーコンやソーセージを炒めたり、サラダを作ってくれたりする。最初の頃は「燃え上がらないだろうか」とハラハラ見ていたが、そのうち慣れた。それより、彼が作るとどうして、なんでもないハムエッグや玉子焼きや味噌汁がこんなにおいしいんだろう、何が違うんだろう、と実里は毎朝首を傾げてしまう。そして、ついつい食べ過ぎたりするのだ。

塾の仕事はバイトなので、時間に融通がきく。ソーシャルワーカーの資格をとるために勉強も始めた。病院や学校で子供の相談に乗ったりもできるかもしれない。

夕方に出勤して遅くなる時は、夕食をお弁当としてぶたぶたが持たせてくれる。たいていおにぎりとおかずだけなのだが、おまけに果物や手作り焼き菓子がついてくるのがうれしい。

辻本母子の娘・莉羽と、ぶたぶたの娘が同い年の小学生なので、実里がいる時は勉強を教えてあげている。二人ともまったくタイプが違っていて面白い。

と、普通に接することができるまで、内心は修羅場だった。だって、ぶたぶたには妻子がいるなんて、弓花からも聞いてなかった！　彼は奥さん（もちろん人間で、三十代くらい？）と一緒にこのシェアハウスを経営しているのだ。他にもスタッフやバイトなどもいるようだが、主に二人で切り盛りしている。基本的にはシェアハウスの方は奥さん、シェアキッチンの方はぶたぶたと役割分担できているみたい。

ちなみにぶたぶた一家は、一階キッチン奥にある住居部分に住んでいる。お子さんは二人で、上の中学生の娘さんにも実里は勉強を教えていた。

そんなことをしているうちに、キッチンに出入りしている近所の子供たちも「教えてほしい」とやってくるようになった。

家庭教師をやっている時、受験仕様ではなかったが、一応お金をもらっているし、成績を上げないといけないと思っていたが、本当は勉強が楽しく、楽しくないまでもそれほど苦ではない程度になってほしいと考えていた。実里にとって勉強は逃避だった。それよりつらいと感じることがあったからだ。勉強をしていれば母は静かにしてくれたし、成績が上がれば機嫌がいい。効率のいい勉強法も自分で見つけられた。知識は自分をいろいろ助けてくれる。だけどそれは、たまたまだ。結果的に勉強が実里を救ってくれただけで、幸運だったと思っている。

前向きな弓花であっても、大学に馴染めず、勉強にもついていけなかったら、中退してしまったかもしれない（と本人が言っていた）。

実里は、やりたいことはないと思っていたが、そうでもなかったらしい。少なくとも母に反対されて家を出てしまうくらいには。

しばらくは平穏な日々が続いた。

不気味なほど静かだ、と思っていた。

その日は、キッチンで絵本をみんなで読んでいた。図書館に子供たちと行って、好きな絵本を借りてくる。それをお互いにすすめあったり読み聞かせたりしていた。

ぶたぶたはおやつを作って、みんなに振る舞ってくれた。今度の手作り市で売る焼き菓子の試作品だそうだ。クッキー、フィナンシェ、カップケーキ——どれもみんなおいしい。このまま売り物にしてもいいくらいだ。子供たちも喜んで食べている。

このキッチンは、会員が持ち込んだ食材などもあるし、野菜や果物を売っていたりもする。使わなかったり売れなかったりもあるわけだが、そういうものを上手に回して、なるべく無駄が出ないようにしている。ぶたぶたのやりくりとメニューの豊富さ、料理の手腕にはいつも驚かされる。

そろそろバイトに行く時間だ。今日は夕食までには帰ってこられるだろう。部屋に行って支度をしなければ。

夕方なので、帰る子供もいれば、そのまま遊び続ける子もいる。学童保育みたいな感じでもあった。

テーブルの上を片づけていると、ふと外からの視線を感じた。顔を上げて、凍りつく。

母だ。道を隔てた向こう側に立っていた。

胃がきゅっとつかまれたようになり、本当に動けない。持っていた本などを取り落としてしまう。

「どうしたの？」

異変を感じたぶたぶたがそばに近寄ってきたが、声が思うように出ない。

母は、実里の姿を認めたようだ。ずんずんこっちに歩いてくる。キョロキョロとして――玄関を探している？　どうしよう。ここに来るつもりだ。子供もいるし……そうだ、外に出よう！

あわてて実里はキッチンの外へ出た。

「実里！」

外に出たとたん、母が叫んだ。

「大きな声出さないで」

子供が気づかなかったか、と中をちらりと見たが、気づいているのはぶたぶただけのようだった。

「こんなところに住んでたの⁉」

偶然かと思ったが、住んでるってバレてるの？

「探偵頼んで、探してもらったんだよ」

そんなことまで⁉

「どうして……」

「あんたが一人で生きていけるなんて思わなかったからね。あたしがついてなきゃ」

実里は絶句した。母がそこまで考えるとは思わなかった。家を出てしまえばあきらめるとばかり……。

「さあ、帰ろう」

そう言って母は、実里の腕を取った。反射的に振りほどいてしまう。

「親に向かってなんて態度を！」

と言われて、一瞬怯むが、すぐ気を取り直す。

「ママ、あたしはもう成人してるんだよ。ママの保護下にいる必要はないの」

「成人してたってあんたはまだ子供よ。一人で生きていけるわけないじゃない」

同じことをくり返す。

「パパ？　パパなんかどうでもいいのよ。実里を探すってあたしが言った時も『やめとけ』なんて言って」

とりあえず暴走は母だけらしい。でも全然安心できない。父もあまりあてにできないからだ。

「とにかく、帰るよ！」

再び腕を取られる。また振りほどきそうになるのをかろうじて我慢するが、母の力は思いの外強かった。

「帰りましょ！」

「帰らないよ、あたしはちゃんと一人で生きていけるんだから！」

正確には一人ではなく、たくさんの人に支えてもらって、なのだが、それを母に言ってもわからないだろう。

「わがまま言わないの。家に帰れば落ち着くから、ね」

「わがままじゃなくて、自立したいだけなんだよ」

実里の少ない貯金でもなんとかなったのは、ここのシェアハウスには敷金も礼金もなく、家賃も安いからだ。保証人は弓花の父親だし、母には何も迷惑はかけていない。

それであきらめてくれたらいいな、と思っていたのだが……。

「実里さん、大丈夫ですか？」

背後から声がかけられる。ぶたぶたが出てきてくれた。どこから話を聞いていたのやら。

「あ、大丈夫です」

本当にそうかはわからないが、迷惑はかけたくない。

「誰⁉」

母は姿が見えない男性の声に驚いているようだ。

「実里さんのお母さんですか？　いつもお世話になってます」

ぶたぶたは前に出て、ペコリと頭を下げた。というか、二つ折りになった。

「え……？」

母の目はぶたぶたに釘付けになる。まあ、無理もない。あたしもそうだった。

実里の腕から母の手がはずれる。よほどショックを受けたのだろうか。

「そんな……」

母は後ずさりをし、へなへなと座り込んだ。

「どうしたの、ママ⁉」

えっ、突然具合悪くなった⁉

のぞきこむと、顔色は確かに悪かったが、それより驚いたのは、母の頰が涙に濡れていたことだ。いったい何が起こったの⁉

「ママ、ママ⁉」

母は実里の言葉に反応しない。

「どうしましたか？」

ぶたぶたがあわてて駆け寄ってきた。母の顔がゆっくり動き、ぶたぶたを見る。

「ごめんなさい……」

母はそうつぶやくと、目を閉じた。あわてて実里は支える。気絶をしてしまった⁉

「救急車を！」

ぶたぶたがキッチンへ素早く戻っていく。

「ママ……起きて、ママ！」

呼びかけても、母は目を覚まさない。でも、息はしている。それで安心なんてできないけど。

子供たちがようやく気づいたらしく、窓ガラスに張りついていた。奥からぶたぶたの奥さんが出てきて、子供たちを窓から離した。

遠くから救急車のサイレンが聞こえてくる。なんでこんなことに――もしかして、ずっと具合が悪かったのかな。それであたしを探していたんだろうか……実里は自問自答をくり返していた。

母は、病院に運ばれたが、なかなか目を覚まさない。医師からは「眠っているだけ」とは言われたが。

父に連絡をとったが、電話がつながらなかった。メールもメッセージのＩＤも知らないので、留守番電話に伝言を吹き込むしかない。

バイトを休ませてもらい、母に付き添う。実里は自分を責めた。家を出ていくにしても、もっと方法があったのではないか、と。ちゃんと説得をすればよかったのか。でも、話そうにも言い争いというか、いつも一方的に母からまくしたてられるか避けられるだけで、話し合いにはならないので、勝手に出てきたのだが……。

面会時間ギリギリに、母が目を覚ました。

「あっ、ママ。気分は？」

医師からは明日検査(けんさ)をすると言われている。「念のため」とのことだが……。

母はちらりと実里を見たが、そのあとはじっと天井を見つめていた。

「いったいどうしたの？　具合悪かったの？」

「そういうわけじゃないの……」

母の口調(くちょう)は弱々しかった。見つかっていないだけの病気でもあるんだろうか。明日の検査が怖くなる。

看護師さんがやってきて、

「もう面会時間終わりですので」

とやんわり言われた。

「帰りなさい」

「うん……」

帰りたくなくても帰らなければならない。

「明日も来るから」

母は軽くうなずいて、また目を閉じた。しんどいのだろうか。

なんだかいろいろ考えごとをしながら帰ってきたら、夜の九時を過ぎてしまった。もう夕食の時間は終わっている。玄関のところでぶたぶたが出迎えてくれた。

「おかえりなさい。お母さんの具合は？」

「あ、救急車呼んでくれて、ありがとうございました。とりあえず目は覚ましました。明日くわしく検査するそうです」

「そうなの。なんかびっくりさせちゃったのかな、と思って」

ぶたぶたの点目の上にへの字のようなシワができる。

「確かにぶたぶたさんにはみんな驚くと思いますけど……気絶するなんてあります？」

「あるよ。男の人を気絶させたこともある」

「ええっ！」

いや、だからといって母が気絶する理由にはならない。

「母は、あたしを探しに来たんです」

「そうなんですか」

「探偵を使ったって言ってました。ずっと心配していたのかもしれません。そのストレスで倒れたのかも」

「なるほど」

　ぶたぶたは鼻をぷにぷにと押しながら、そう答え、

「あ、これ、差し入れ」

と、おにぎりとおかずを入れたパックを差し出した。

「ありがとうございます……」

　コンビニに寄るのも忘れていた。部屋にカップ麺（めん）があるからいいや、と思っていたのだが、ありがたい。ぶたぶたのおにぎりは本当においしい。

「温める？」

　実里は首を振る。もう部屋で休みたい。

「何かあったら相談してください」

「ありがとうございます」

　実里は頭を下げた。

　部屋でおにぎりを食べた。今日は梅干（うめぼし）とおかか。おかずはたけのことさつま揚（あ）げの煮

物だった。冷めてよく味のしみたさつま揚げがおいしい。たけのこももちろんおいしいけど。

食事は母と絶対に一緒にとらなくてはならないから、こういうふうにごはんを残しておいてくれたことはなかった。一緒にとれなければ、食事は抜きだったからだ。部屋に隠したお菓子を食べたりして空腹をしのいだ。

でも、今は母も家で一人で食事をしているはずだ。父はめったに帰ってこない。どこにいるかも知らない。

ぶたぶたの心尽くしの差し入れを食べられるだけいいのかも、と実里は思った。

次の日。病院の面会は午後からというので、昼頃出かける準備をしていると、母から電話がかかってきた。

「退院したから」

「えっ⁉」

今日精密検査だって言ってたのに⁉

「検査はしたけど、もう入院してなくて大丈夫そうだから、退院したんだよ」

「え、平気なの……？」

「平気よ」

「なんで倒れたの？」

「それは、あとで話すから。実家にも帰ってこなくていいから」

母は簡潔にそれだけを伝えて、電話を切った。切れたスマホを実里は呆然と見つめる。

やっぱり、母はちょっと変だった。いつもならもっと話が長いし、こっちが切りたいと思っても切らせてくれないのに。

しかも、昨日は「帰ってこい」って言ったのに、今日は「帰ってこなくていい」とは！

不安になって部屋の中をウロウロしたあげく、実家に帰ろうかとも思う。でも、帰りたくなくて家を出て、「帰ってこなくていい」と母にも言われて……。

どうしよう、と思いながら出かける支度のまま下へ降りた。キッチンでは、ぶたぶたがお昼の支度をしていた。

「あ、実里ちゃん、病院に行くの？」

「いえ……もう退院したんですって」

「そうなの！　よかったね」

病院にいてくれた方がよかった。実家には帰りたくない。母に会うなら実家以外の場所で会いたかった。

でも、退院をしたというなら、実家に行くべきなんだろう、と実里は思う。それが娘としての義務だろう。

「あの……お昼食べたら、実家に行こうと思って……」

食欲はないが、時間稼ぎだった。少しでも実家に帰る時間を遅らせようとしていた。

「あれ？　実里ちゃん、お母さんじゃない？」

ぶたぶたの言葉に振り向くと、昨日と同じところに母が立っていた。えっ⁉　来なくていいっていうのは、自分が行くからってことだったの⁉

母は実里に気づき、ちょっとうなずいた。が、それ以降は実里を見ていなかった。

母が見ていたのは、ぶたぶただった。

時間にして一分もなかったのではないだろうか。母はぶたぶたを見つめ、入ってくるわけでもなく、何かを言うわけでもなく――そのまま踵を返し、去っていった。

結局、実里はその日、実家には帰らなかった。その夜、母からメッセージが来る。

『実里に話したいことがあったけど、今日ではない日に改めて話したいです』

と。

実里はその日一日、モヤモヤと考え続けていた。病気になった母を見捨てるような気分になっていたが、それは娘としての義務感に囚われているだけな気がして。

自分はやはり帰りたくはないし、母に会って心が乱れるのもいやだった。だから、母からのメッセージに正直ほっとしてしまった。それにも罪悪感を持ったけれど。

日にちがたつと罪悪感は薄れてきたが、それでもモヤモヤは消えなかった。気がつくとそのことばかり考えてしまうので、努めて忘れようとした。すると、モヤモヤを抱えて過ごすことに次第に慣れてくる。

先送りにしているだけなんだろうな、と思ったりするのだが、実里にはどうしたらいいのか、もうわからなかった。

シェアハウスに母が訪ねてきてから半年ほどたった頃、ぶたぶたが部屋に訪ねてきた。

「今、少し話いいかな」

珍しい。何か話があっても、たいてい下のキッチンでするのが常なのに。それだけ聞かれたくないことなんだろうか。

ぶたぶたはコーヒーとおやつを持ってきてくれていた。彼がいれてくれるコーヒーはとてもおいしい。

「どうぞ」

「ありがとうございます」

二人で熱々のコーヒーを飲み、手作りココナッツマカロンを食べる。いつ見てもぶたぶたが食べる仕草には目を奪われる。鼻の下に押しつけられたマカロンはいつのまにか消え、カリカリと音を立てて頬がふくれる。いまだに謎だ。

ぶたぶたによってこのシェアハウスに招き入れられてから、ほとんどよいことばかり起こっていた。まだバイト生活だったが、ぶたぶたの知り合いからフリースクールに誘われている。そこは、学習の基礎を生徒に合わせて教えていくことに重点を置いているというから、自分に向いていそうだ。今バイトしている塾も同じようなことをしているが、そこに来る生徒たちはある程度の基礎はできている。基礎から教えたいというか、手助けしたいと実里は思っていたから。

資格の勉強も引き続きしている。どこに就職したいではなく、何をやりたいか、というのをずっと考えているのだ。

「それで、今日の用事なんだけど——預かってる手紙があるんだよね」

ぶたぶたは封筒を差し出した。宛名には「門倉実里様」。

「実は、実里ちゃんのお母さんの手紙で」

「えっ⁉」

どうしてぶたぶたに⁉

「昨日、お母さん訪ねてこられてね。実里ちゃんがいない時に」

「知らなかった……」

「合わす顔がないって、言っててね。だから、手紙を書くようすすめたんだけど」

実里は呆然としながらも、手紙を手に取る。

「読んでみれば」

実里は言われるまま、封を切り、便箋を取り出した。几帳面で美しい文字が並ぶ。

母の字だ。

実里へ

先日はごめんなさい。面と向かって謝れない母で申し訳ないです。

体調は治りました。あれから、心療内科に通っています。長い間の不眠症が、少しずつ解消されています。

実里へはずっとつらく当たっていて、本当にごめんなさい。どうしてそんなことをしてしまったのか、自分ではまだうまく、口で説明できる自信がありません。

最初からあんなふうにつらく当たるつもりはなかったのです。実里は、明るく伸び伸びとした子に育ってほしかった。でも、気がついたらこんなことになっていました。気づいたのは、あの倒れた日です。

ぶたぶたさんは、私が幼い頃、大切にしていたぬいぐるみによく似ています。

実里は私の両親、つまり祖父母のことは知りませんね。実里が生まれる前に亡くなっているから。

両親、とりわけ私の母は、私にとても厳しかった。あなたに言ったことのほとんどは私の母から言われたことばかりです。「あんなことを言う母親にはならない」と思っていたはずなのに、いつのまにかそういう母親になっていました。

ぶたぶたさんに似たぬいぐるみは、ボロボロになるまで大切にしていたぬいぐるみですが、小学一年生の時に、私の母に捨てられました。正確には、私自身がたき火にくべました。

「もう大きいんだから、そんなぬいぐるみはいらないでしょ？　早く燃やしちゃいなさい」

という言葉が今でも忘れられません。

ずっと一緒に寝ていたぬいぐるみがいなくなった私は、よく眠れなくなり、昼間も注意散漫になり、母に叱られ続けました。なんであんなに叱られていたのか、と思っていたけれど、それはあのぬいぐるみがいなくなったせいだ、と倒れた日に思い出しました。だから許してほしいとは思いません。私の母に同じことを言われたからって、許す気にならないのと同じです。言われることはもう、永遠にないですが。

実里はまだ若いです。私のことは忘れてもいいから、自分の人生を自分の力で歩んでください。思い出話がつらいことばかりの人と笑ってしゃべるなんてことはありえないと思うけど、いつか実里が会いたいと思った時に会えたら、と思っています。

母より

追伸（ついしん）　ぶたぶたさんには、ぬいぐるみを火にくべたことは言っていません。言えませんでした。

実里はぶたぶたを見た。

ぶたぶたが火にくべられるところを想像して、ゾッとしてしまう。そんなこと、あってはならない――でも、母は祖母の指示によってそれを自分の手でやることになってしまったのだ。

母のぬいぐるみは、生きてはいないけれども、今の実里にとってのぶたぶたと同じ存在だったのだろう。友だち、きょうだい、そして本当の親とは違うけれど優しい「家族」として、確かに声をかけてくれていたのだと思う。

母を許すとか許さないとか、そんなことは今はまだわからない。だが、自らの手で「家族」をゴミのように死なせてしまった小さな女の子に対しては、ただただかわいそうに思うだけだった。

「母とどんな話をしたんですか？」

　ぶたぶたにたずねる。

「小さい頃、よく似たぶたのぬいぐるみを持っていたって話をしていたね」

「そうなんですか……」

「誰にもらったのかはわからないけど、いつも一緒に寝ていたって言ってたよ。今はもう、どこかにいってしまったって言ってたけど」

　母への返事が頭に浮かんだ。

「あの、手紙の返事をぶたぶたさんに預けてもいいですか？」

「え、どういうこと？」

「母にはここに取りに来てもらいます。あたしのいない時に」

「いいけど……」

　ぶたぶたは戸惑ったような顔をした。それがわかるのがちょっとうれしい。

　そうすれば、母がぶたぶたに会う口実ができるだろう。残酷だろうか？　でも、母はきっとぶたぶたに会いたがっている。母のことなんて何も知らなかった娘だけど、そんな気がする。

　ワケアリの人がここに集まるのもわかる気がした。ここには、それをどうにかしたい人ばかりがやってくるのかもしれない。

ぶたぶただってワケアリだけれど、彼はきっと、それをどうにかしたいとは思っていないんだろうな。彼がぬいぐるみでなくなったら困る(?)人の方が多い気がするけど。

「よかった。実里ちゃん、笑ってる」

ぶたぶたが言う。そう、実里は今はもう、だいぶ笑えるようになっていたのだ。

自分のことは

岸川宗昭(きしかわむねあき)は、長年連れ添った妻・善美(よしみ)から、離婚を申し渡された。

いわゆる「熟年離婚(じゅくねん)」というやつだ。

宗昭には寝耳に水だったが、息子と娘からは、

「やっとか」

と言われた。呆然とするしかない。

ずっと専業主婦だった善美が自活(じかつ)できるわけがない、と思ったが、すでに働いているという。

「気づかなかったの？」

と娘に訊かれてうなずくしかなかった。

「お父さんは、家族に関心ないからねえ」

そう当然のように言われて、つい、

「親に向かってその口のきき方はなんだ！」

と怒鳴ると、

「いつもそうやって怒鳴るから、離婚されるんだよ」

と言われ、言いたいことを飲み込むしかなかった。

後日、善美の弁護士と名乗る男から連絡があり、家にやってきた。

「妻はどうした？」

と訊いても、

「わたしは正式な代理人ですから、お話はわたしを通してください」

と言われるだけだった。

「長年のモラハラについては、ご家族の証言と、日記や録音が残っておりますので、問題なく認定されると思います」

「認定ってどういうことだ？」

「裁判になったら、ということですね。でも、善美さんはそれは望んでいません」

そう言って、条件を出される。

「財産を半分!?　働いてたのは俺なのに!?」

「働いていたあなたを支えてくれたのは善美さんですからね。慰謝料はそれで相殺ということで。書類にそう明記するというのが条件です。家はいらないとのことですので、あなたはそのまま住み続けていただいてかまいません」

なんだかいやみったらしい言い方をする。

「あいつ、実家になんか帰れないだろ？」

確か、折り合いの悪い兄夫婦が住んでいると聞いたことがある。

「それについてはわたしは特に存じませんので」

「離婚したくないと言ったらどうなるんだ？」

「どうにもなりませんね。このまま別居を続けるということになります」

「戻ってこないのか⁉」

困る。もうすでに家の中はぐちゃぐちゃなのだ。

「『戻らない』と善美さんはおっしゃっておられます」

弁護士は事務的に話を進めて、さっさと帰っていった。

散らかり放題の居間を見て、宗昭はため息をつく。息子も娘ももうとうに家を出ているけれど、頼んで片づけてもらうしかないだろう。

まず娘の紗也子に電話をかけると、

「そろそろ自分でやることを憶えたら？」

　とやんわり拒否された。

「男がそんなことできるかっ！」

　そう言ったら、

「お兄ちゃんはやってるけど？」

　と言い返されてしまった。

「家事は女の役目なんだから――」

「お父さん、昔あたしにもお兄ちゃんにも、『自分のことは自分でしろ』ってよく言ってたよね？」

　そう言われて声も出ない。

「そんな生意気な……」

「でもそれって正論でしょ？」

　確かに「宿題を教えて」と頼んできた子供たちへそう言った記憶はあるし、それが正しいしつけだったと今でも思っている。しかし、宿題と家事は別ではないか？　家事は妻がやるべきだ。

　だが、このまま帰ってこなかったらどうしよう。

「自分でやるのがいやなら、家事をやってくれる人を雇えばいいんじゃない？」

　こともなげに紗也子は言う。

「そんなの金の無駄だ！」

　善美が帰ってくれれば解決なんだから。

「けどもう、お母さん裁判してでも離婚するつもりみたいだよ」

　そんなことを言われて震え上がる。引退したとはいえ、元の職場の人にそんなことを知られたら……集まりに出にくくなる。

　どちらにしても、娘は家のことはしない、ということらしい。ひどい。家族はこういう時こそ協力すべきではないのか？

　そうも言ったが、

「お父さん、あたしたちが困ってても特に何もしてくれなかったからね」

　そしてまた「自分のことは自分で」に帰ってきてしまう。

「電車来たから、もう切るよ。何かあったらメールでもしてよ」

　と紗也子は電話を切った。メールは苦手なのだ。スマホはおろか携帯電話もうまく使えない。わからない時は、善美に操作してもらっていた。

息子の史哉にも電話をしたがつながらない。しかし、心配して電話を向こうからかけてくるのが筋ではないだろうか、と気づく。こちらから電話をするのは下手に出るようでいやだ。

とりあえず、掃除はしなくても死ぬことはない。食事はコンビニのものでなんとかなる。なぜか電子レンジがうまく使えないので、温められないのが難儀だが、冷たくてもまあ食べられるからいい。

問題は洗濯だった。そろそろ着るものがなくなってくる。洗濯機なんて家事を手抜きするためのものと思っていた。洗濯物を入れてスイッチを押せば終わっているんだから。

しかし、実際に使ってみようと思うとスイッチが山ほどあってどれを押せばいいかわからないし、洗剤の量もわからない。乾燥もできるようだが、それもどうするかわからない。マニュアルはちゃんとあるが、読む気にならない。

まあ、これも別にいい。汚れた衣類は捨てて、新しいものを買えばいいんだから。

そんな感じでしばらくは一人で生活していた。すると、けっこう一人でも生活できるじゃないか、と思うようになってきた。今の世の中は、便利なものであふれている。自分はそれを上手に利用できる。

　妻がいなくてもなんとかなるのなら、別れてもいいのかも、と思い始めたが、やはり知り合いに知られるのは恥ずかしい……。離婚経験者は例外なく寄り合いに顔を出さなくなる。なぜなのかはわからない。

　弁護士からの呼び出しの電話には、とりあえず「本人と話したら、考える」と言っている。

「そうなると、そのうち裁判になるかもしれませんよ」

　と言われたが、それはハッタリなのか、それとも本気なのか。裁判は困るが、あっちだってそれを駆け引きの材料にしているじゃないか。

　善美と話したいのは本当だ。しかし、彼女は話したくないらしい。それもよくわからない。離婚の話なんだから、当事者同士で話し合わなくては意味がないではないか。

　宗昭としては、少しじっくり考えさせたら善美の気持ちも変わるのではないかと思っている。それまでは寛大(かんだい)に待つつもりだ。とりあえず一人でも生活していけるし。

　その日も、コンビニに弁当を買いに行った。ここは広くて、弁当の種類が多い。今日は何にしようか。

　何かつまみも買おうか、と先に乾き物の棚を物色していると、

「こんにちは〜」

　とにこやかな中年男性らしき声がする。

「あ、いらっしゃいませ、ぶたぶたさん！」

　大学生風の店員が、聞いたことのない愛想のいい声を出す。宗昭にはいつも素っ気ない態度なのに。

「昨日はどうもありがとうね」

「いえいえ、力仕事だったらいつでも言ってください」

「でもバイト代あまり出せないから……」

「そんなの気にしないで！　ぶたぶたさんのごはん食べられれば充分ですよ」

「あー、まかないだけは充実してるからね、うちは」

「まかない――あれがまかないなら、本番はどんなに豪華なんですか」

「あ、そんなに変わらないかもねー」

　そんなことを言って、二人でゲラゲラ笑っている。飲食店の人なんだろうか。

「あ、こんにちは、ぶたぶたさん」

　他の人にも声をかけられている。近所の人なのか。宗昭は近所づきあいというものをしたことがないので、誰がどこの人とか、ほとんど把握していない。顔でなんとか判断して、会釈くらいはするのだけれど、すべての人に挨拶はしていないと思う。一度、近所の集まりに出るよう善美から言われたことがあるが、仕事を入れて出なかったことがある。近所づきあいも妻の仕事ではないのか？

　そのあともその「ぶたぶたさん」はコンビニの店員や客とにこやかに言葉を交わし、買い物をして出ていった。

　そのあと、宗昭がレジへ行っても、店員はさっきのようには接客しなかった。まあ、これが普通か。あの人は、みんなの知り合いなのだろう。

　でも「ぶたぶたさん」だなんて。おかしな名前だ。あ、でも飲食店の人ならわかる。多分店名なのだろう。飲食店だと誰にでも愛想はよくしなければならないし、大変だな、と思う。

　家に帰って、弁当を食べる。食べ終わると、胃薬を飲んだ。最近、胃が重いことが多い。食事の量を減らせばいいのかもしれないが、ゴミのことを考えると全部食べた方が世話がないとなってしまう。

胃の調子だけでなく、顔や腕に吹き出物や湿疹などができているのに気づく。

紗也子に電話して、「こんな様子だから、善美に伝えろ」と言うと、

「それは自分でどうにかして。それより、具合悪いなら病院に行きなよ。とりあえず皮膚科かな」

「医者はめんどくさい」

「あー、それって『もし病気が見つかったらショック受けるからいやだ』ってことでしょ？」

図星を突かれてドキリとするが、

「そういうんじゃない」

と返事をする。どこの病院にかかったらいいのかわからない、というのもあるが。善美がいた頃は、診察券を持たされて病院へ行くというより連れていかれた。その診察券とやらはどこにあるんだろうか？

「貴重品はいつもタンスの同じ引き出しに入れてたはずだけど」

紗也子に教えてもらってタンスを探すと保険証は見つかったが、皮膚科の診察券は

なかったので、とりあえず薬局で薬を買うことにする。

腕の湿疹を見せると、

「あー……ダニ、ですかねえ？」

と若い薬剤師は言う。

「ダニに刺されたってこと？」

「そうみたいですね」

と言って、虫刺されの薬をすすめられた。

「今までダニに刺されたことなんてなかったのに。なんでだ？」

「そうですね……ホコリが多いとダニが繁殖しやすいみたいですんで、お掃除をもっとマメになさるといいんじゃないでしょうか」

掃除か……。

散らかり放題の家に帰ってため息をつく。昔はもっと片づいていた。それでも雑然としていたから、よく善美に文句を言ったものだ。

床に落ちているものを拾ったら、少しは片づいているように見えた。それで満足してしまう。掃除機の使い方もわからないし。昔の転がすタイプのものなら、まだ使えたのに。壁掛けの細い掃除機しかない。取り外し方がわからない。これを買った時、その値段の高さに文句を言ったことを思い出した。そんなの壊したらもったいない。どうしてもっと反対しなかったんだろう。どうせ自分は使わないから……。

薬を塗ったらかゆみは止まったので、それでいいか、と思う。

数日後、同窓会があり、宗昭は出かけた。同窓会というか、親しい友人たちとの定期的な飲み会だ。

何を着ていけばいいのか見当がつかない。いつも前回と同じような服装にならないよう気をつかうのだが、どのように組み合わせたらいいかわからないのだ。

仕方なく、前回とまったく同じ服装で出かけた。みんな憶えてないだろう。自分もそんなこと気にしたことないし。

飲み会はいつものように楽しかった。が、帰り際、外の喫煙所でタバコを吸っていると、廊下で幹事の会計を待っていた女性陣の声が聞こえてきた。

「岸川くん、どうしたんだろうね。服がヨレヨレだったよ」

「そうだね。靴もいつもはピカピカなのに、汚れてた」

「ネクタイも合ってなかったよ。ワイシャツの襟も汚れてたし。奥さんが出てったって聞いたけど、ほんとかもねー」

「あー、あの奥さんなら亭主をあんなかっこうで外には行かさないからね」

「岸川くん、何もしないっていうかできなそうだもんねー」

ごく普通の楽しい会話のように、そんなことを話して、笑っていた。

突然タバコを吸う気がなくなり、灰皿に押しつけた。幹事が戻ってきて、みんなが外へ出てから、宗昭も外に出た。最近は二次会もなく、そこその時間に解散になる。女性陣はカラオケに行くらしい。いつも元気だな、と思う。

男性陣の幾人かと駅まで歩く。

「あの、変なこと訊くようだけど——」

そいつらにたずねてみる。

「俺、最近変わったところあるかな?」

女性陣だけでなく、男性陣も宗昭のことをそう見ているのだろうかと気になったもので。

「いや、別に。何も気づかなかったよ」

口々にそう言われてちょっとほっとするが、

「どこか変わったの？」

と訊かれて答えに詰まる。しかし、さっき女性陣は宗昭が別居していることを知っていた。どこから漏(も)れたのだろう。自分から言った憶えはないから、妻側の人間からなのだろう。あるいは、子供か。子供同士が仲がいいと聞いたことがあるが、誰だか忘れてしまった。

人の口には戸が立てられないというのは、本当なんだな、と思う。

「いや、特にないけど」

そう答えたけれど、知っている人間がいてもおかしくない。女性陣から聞いた可能性もあるではないか。

でも、誰も何も言わなかった。

「顔色は悪いな、と思ったよ」

と一人が言う。彼は今日、久しぶりに参加していた。ずっと親の介護(かいご)をしていて、来られなかったのだ。

「それは体調が悪そうってことか？」

「うーん、いや……顔を洗った方がいいかな、と思って」

他の連中は笑ったけれど、宗昭はギクリとした。最近、めんどくさくて朝起きても顔を洗わない。善美がそれこそ口を酸っぱくして言っていたから、仕方なく洗っていたようなものだ。

彼にもっと具体的なことを訊きたかったが、駅に着いてしまったし、これ以上訊くには事情を話さなければならないかもしれない。それに躊躇して、そのまま別れ、一人地下鉄へ降りる。

何も変わらないと言う男性陣の言葉を信じたかったが、女性陣と鋭い指摘をした奴の発言がどうしても気になる。宗昭がいないところで言われたというのも——。自分ではなんでもできる、と思っていたのだが、それは違っていたのだろうか。人からはそう見えないのだろうか。

宗昭には、服がヨレヨレかそうではないかということすら見分けられない。出された服を着ていただけなんだ、と初めて気づいた。

次の日、昨日着ていた服が居間のソファの上に脱ぎっぱなしになっていた。善美がいた頃ならば、もちろん服はそこにはなく、すっかりしまわれていたはずだ。タンスに――いや、多分その前にクリーニングへ出して、か？

ため息をつきながら、自分でハンガーを出し、服をかけた。迷った末、そのままタンスにしまう。

それだけでひと仕事を終えた気分になった。

昼になり、宗昭はコンビニへと赴く。弁当の全種類を食べてしまい、すでに飽き始めていたので、今日はおにぎりにしようか、と思う。うまく包装フィルムが剝けないのだけれど。

酒でも買って、つまみ系のもので済まそうか――と棚を見ていると、

「こんにちは〜」

また例のにこやかな中年男性の声がする。

「いらっしゃいませ、ぶたぶたさん！」

店員たちの声が明るくなる。なんでそんなに態度が違うのか、とついイライラしてしまう。妻にも娘にも邪険にされて――息子からは電話もない。コンビニの店員くらい、もう少し愛想よくてもいいのではないだろうか。

そんな気分を抱えながら、適当に酒を取り、レジに行こうとすると、

「おっと」

と足元で声がして、驚く。下を見ると、薄ピンク色のぶたのぬいぐるみが置いてあった。小さい。バレーボールくらいだろうか。子供の忘れ物かな？　このまま歩いたら蹴ってしまうところだった。

「すみませんね」

そんな声がしたあと、ぬいぐるみはさっと立ち上がった。立ち上がる？　ぬいぐるみが？　しかも目が合った。黒いビーズの点目だった。

宗昭は呆然として、動けなくなってしまった。ただのぬいぐるみが、立ち上がって、しかも歩きだした⁉

「ちょっと失礼」

また声が聞こえ、突き出た鼻が微妙に動く。しゃべった⁉　しゃべってる⁉

ぬいぐるみは近くにあった踏み台を引きずって酒の棚に近寄り、何やら小瓶をいくつか手（ひづめ？）に取った。そして、レジの方へ去っていく。

「ありましたか？」

「あったよ、ありがとう」

「何に使うんです？」

「お菓子の香りづけに。紅茶に入れてもおいしいよ」

「へー」

はっと我に返った。あわててレジ前へ行く。

ぬいぐるみは、コンビニを出ていくところだった。出ていくところ⁉

いちいち驚いてばかりだが、なぜか宗昭はぬいぐるみが気になり、あとをついていってしまう。だって、動いてしゃべるぬいぐるみなんて——現実とは思えないが、目が離せない。

ぬいぐるみは、コンビニのレジ袋を首に縛りつけて（なぜ？　と思ったが、提げると地面につくからだ）のんびりと歩いていた。大きな耳が歩くたびにひらひら揺れる。右側の先は少しそっくり返っていた。しっぽもちゃんとある。しかも、くるりと結んであった。

ぬいぐるみにしか見えない……いや、確かにぬいぐるみなのだが——と混乱したまま二、三分歩いたところで、ぬいぐるみは一軒の家へ入っていく。

白い外装と大きなガラス窓が印象的な家で、まだ新しい。できて二、三年のはずだ。近所づきあいのない宗昭でも、さすがに前を通りかかれば憶えている。

中には幾人か人がいた。何をしてるんだろう？

「あら、岸川さん？」

突然後ろから声をかけられる。振り向くと、なんと向かいの池島(いけしま)家の奥さんだった。うちと同世代だが、子供はいなかったはず。

「あ、ど、どうも……」

多分この人は、善美が出ていったことを知っている、と思った。善美とは仲がよかったし、個人的な連絡先も知っているはずだ。

「昼食会(ちゅうしょくかい)にいらしたんですか？」

「昼食会？」

「ぶたぶたさんの」

そう言われた瞬間、それはあのぬいぐるみの名前だと気づいた。

「どなたでも、会費を払えば参加できますよ」

「え、あ……」

「ぶたぶたさんのお料理、おいしいですよ」

それを聞いて宗昭は絶句する。料理？　あのぬいぐるみが？　どうやって？　ぬいぐるみなのに？

「あたしなんかよりよっぽど上手で」

ほほほ、と池島夫人は上品に笑う。確か彼女は医師で、夫は大学教授だったはず。立派なご夫婦だと思っていたが、そんなことを言うなんて。だってぬいぐるみが料理なんてできるわけがない。俺だってできないんだから。

「入りましょうよ」

「い、いや、僕は……用事がありますんで」

「そうですか？　残念だわ。ここはよくこういう昼食会をやってるんですよ。会員で寄り合ってみんなで作って、一緒に食べるんです。会員でなくてもその都度食事代を払えば食べられます。そういうシェアキッチンなんですよ」

聞いたことのない言葉を言われた。

「お手頃でおいしいものが食べられますから、今度はぜひ利用なさってくださいね」

そう言って、池島夫人は一軒家へ入っていった。よく見ると、門柱に「シェアハウス

&キッチンＹ」という大きな表札が出ていた。

シェアハウス……？　聞いたことがあるようなないような。

シェアキッチンから笑い声が漏れてくる。なるほど、大きなシステムキッチンがどんと真ん中にあった。

ぬいぐるみは椅子の上に立って、何やら手を動かしていた。何か話しているのだろうか。周りにいる人たちはぬいぐるみに注目して、楽しそうな顔をしていたり、何かしゃべりかけたりしている。

そういえば、あのぬいぐるみの声は、男性のものだったな。おそらく、宗昭より年下――四十代半ばくらいの。

そのくらいの年の頃の自分は、仕事ばかりで、家であまり食事をしなかった。外食、飲み会、接待ばかりで、朝食を食べるヒマもなかった。ギリギリまで寝て、起きたらすぐに会社へ向かう毎日だった。

あんなふうに笑って食事をした憶えはほぼない。腹を満たすことは、やるべきことのためのエネルギー補給でしかなかった。食べなければ保たない。だがそれは効率よく食べられることが優先で、味など食事に付随する他のことはすべて二の次だった。

たまに家族で食卓を囲むと、なんとなく雰囲気がぎこちなくなり、居心地が悪かった。それは、今こうしてガラス越しにぬいぐるみたちを見ていることにも似ている。自分は部外者なのだ。今の自分はただの通りすがりの人間だ。

家族と宗昭の間には、ガラスもなかったし、通りすがりでもなかったが、同じことだ。あの家で食事をする時、自分はいないものとして扱われていた。実際に、ほとんどいなかったのだし。

ガラスに自分の姿が映っているのに気づいて、宗昭はその場を離れた。今の自分を見たくなかったから。

そのあとから、外出をするとあのぬいぐるみを見かけることが多くなった。

いや、今まで気づいていなかったのだろう。小さいし、注意して見ていないと絶対に見逃す。関心を持てば、よく見かけるのも当たり前だ。

道を歩いているだけで声をかけられる。そういう人にも愛想よく挨拶を返す。しかし、見た目はぬいぐるみ。

なんというか、信じられない光景だし、もし自分が他の人からこのような状況を話されたら、多分鼻で笑ったことだろう。しかも、こんなふうについ見てしまうなんて。外に出れば必ず探してしまうし、なるべく毎日出かけるようにしているし、いなかったらあのシェアハウスの前を通って確認してみたり――もちろんいつも会えるわけでも、いるわけでもない。そんな時にがっかりしている自分に驚く。

というより、これではなんだか、ストーカーではないか……。いったい自分は何をしているんだ。

そんな時、とんでもない光景を宗昭は目にする。

なんとあのぬいぐるみが、犬にくわえられていた！　足の短い犬が、口いっぱいにぬいぐるみの背中をくわえて、飛び跳ねるように走っていく。

どうしよう。あんなふうに歩いていたら、いつかきっとこういうこともあるだろう、と思っていた。あの犬は首輪をしているから野良犬ではないだろうが、リードを引きずっているので、逃げ出したのだろうか。

どうしよう。あのぬいぐるみは苦しいだろうか。助けてあげた方がいいんだろうか。

でも、どうしたら？　犬の扱いはよくわからない。ぬいぐるみの扱いはもっとわからない！

するとまえから金髪で化粧の派手な若い女性がすごい勢いで走ってきた。そして、犬を目にも留まらぬ速さでさっと抱え上げる。宗昭はその迫力に驚いてしまう。びっくりして思わず立ち止まった。

犬は逃げようともがくが、そうするとぬいぐるみが落ちるのか、おとなしくなる。女性と比べると犬はけっこう大きかった。単体だと小さく見えたのに。やはり手助けをすべきだろうか？　どうしよう――とまた迷っていると、今度は後ろからすごい勢いで別の女性が走ってきた。

「すみません、すみません！」

そう言いながら、犬を抱える。するとはずみでぬいぐるみが地面に落ちた。

「ああっ、ごめんなさい、ぶたぶたさん！」

ぬいぐるみは地面にうつぶせになっていたが、すぐに立ち上がる。

「大丈夫ですよ」

「もうっ、ちょっとリードはずれちゃったらこんなんなっちゃって……！」

「なんともないですから」

なんともないんだ……。首の後ろあたりをがっつり噛まれていたが……それはやはりぬいぐるみだから？

「大丈夫だよー、穴開いてそうだけど」

金髪の女性が笑いながら言う。

「いや、開いててもふさがるから平気平気」

ぬいぐるみの言葉に、ちょっと怖くなる。犬の飼い主の女性はずっと恐縮している
ようだ。犬は興奮してもがいている。

「気にしなくてもいいですよ」

「いつかこうなると思ったんですよー、ぶたぶたさんのこと大好きだからー」

犬の飼い主は泣きそうな声でそう言う。

「大丈夫大丈夫。またキッチンに来てくださいね」

頭を何度も下げながら、飼い主は帰っていった。

「ぶたぶたさん、歯型が少しついてるよ」

「お風呂に入ればなくなるから。どうもありがとう」

そう笑い合って、金髪の女性は颯爽と去っていった。

「あ、ごめんなさい、お騒がせしちゃって」

ぬいぐるみが話しかけてきた。えっ、俺に？

「びっくりさせちゃいましたね」

「あ、いや……」

何をどう言えばいいのかわからず、顔が赤くなるのを感じる。若い頃のことを、突然思い出した。人前に出て緊張した時や、尊敬する人と話した時のことなどを。

「お足を止めさせちゃってすみません」

ぬいぐるみはそう言うとペコリと頭を下げ、シェアハウスのある方へ歩いていった。

宗昭は、ぬいぐるみについていく。いや、自分の家もそっちの方向なのだから仕方ない。しかし、ぬいぐるみの足はゆっくりだ。無理もないのであるが、追い抜くというのは躊躇してしまう。

その時、腹がとてもすいていることに気づいた。次第に近づいてくるシェアハウスの前には「昼食会」の看板が。

「会員でなくてもその都度食事代を払えば食べられます」と言う池島夫人の声が聞こえる。

普通の食堂と同じと考えていいんだろうか。会費というのはどのくらいだかわからないが、普通の昼食と変わりない金額ならば、ここで食べてもいいかもしれない。

しかし、ぬいぐるみのあとからついていくのも……とためらっていたら、向かいの家から出てきた人に訝(いぶか)しげな顔をされた。まるで不審者(ふしんしゃ)を見るような目つきだ。カッとなったが、自分の姿を見下ろして、愕然とする。シワシワのシャツにズボン、靴も汚い。メガネも汚れていて、前が見えにくい。

以前の自分だったら、ちょっとでも身だしなみが乱れていると、その人を指差して「だらしない」とか「よく外に出られるな」とか善美に言っていたものだ。善美はその都度、「お父さんに迷惑かけてるわけじゃないからいいでしょ。それぞれ理由があるんだよ」と言っていた。それに対して自分は、「公序良俗(こうじょりょうぞく)に反する態度や様子は不快(ふかい)だ」と反論した。

自分の姿には、今頃気づいたのか。この間の同窓会の時も、こんな感じだったのかもしれない。初めて客観的に見られた気がした。

宗昭は、一瞬帰ろうかとも思った。今までだったらそうしただろう。自分を不審者のように見たあの人が失礼だ、と怒って。

だが、宗昭の足は動かない。自分がどうすればいいのか、わからなくなったのだ。

このまま家に帰っても、酒を飲んでくだを巻くぐらいしかすることがない。洗濯にまた挑戦するとか、家を掃除するとか、きっとしないだろう。

あるいはここで健康的な昼食を食べるか。

キッチンをのぞくと、ぬいぐるみがおしぼりのようなもので身体を拭いていた。その姿は、まるでオヤジのようだった。いや、声がオヤジなのだから、そのとおりなのだ。

犬に噛まれて、彼もヨレヨレになったのだろう。

ヨレヨレにも理由があるのかも、と少し思うことができた。みんな犬に噛まれたわけじゃないだろうし、自分のような、ある意味自堕落な理由もあるが「それぞれ理由がある」というのだけは少し理解できた。

ぬいぐるみが身体を拭き終わったのを見計らって、宗昭はキッチンのドアを開けた。

「いらっしゃいませー」

中は温かくて、いい匂いがした。あ、これは――たまに早く帰れた時の我が家を思い出させる匂いだった。そんなことはめったになかったけれども。

内装は木のぬくもりにあふれていた。ガラス窓からの陽光も心地いい。

「あ、先ほどの！　ありがとうございます。お好きな席にどうぞ」

ぬいぐるみがなんだかうれしそうな顔をしたようにも見えたが、きっと気のせいだろう。

宗昭は、窓際のソファ席に座った。真ん中に大きなキッチン、その周りには一人席のカウンター、大きな木のテーブルもある。壁側にも一人用のソファが置いてあった。

座ると、ぬいぐるみがさっそくやってくる。当たり前だが視線がだいぶ低い。こんな近くで見たのは初めてだが……本当にぬいぐるみなんだ。

「会員ではないですよね？」

「ああ……」

「では、今日はランチを食べにいらしたということでよろしいですか？」

「そうだな」

「お料理は自分で作ることもできますけど」

そんなことを言われて仰天する。

「いや、それは……」

首をぶんぶん振る。

「わかりました。ちょっとお待ちください。お水とメニュー持ってきますね」

店内を移動する時は素早い。さっさとメニューと水を持ってきた。水が、ひづめみたいな手に貼りついている。どうやって置くんだろう、とちょっとドキドキしたが、窓際の植木鉢に乗ってそこから、という普通のやり方だった。……普通じゃないか。

「今日のメニューです」

紙に手書きでメニューが書かれていた。三種類のお惣菜プレート、四種類のお惣菜プレート。そしてカレー。昼食はこの三つらしい。

「飲み物とデザートもつけられます。今日の日替わりデザートはパンナコッタです」

聞いたことのないデザートだが、どうせ頼まないから別にいい。

「ランチタイムはごはんの大盛り無料です」

きれいに盛られたプレートの写真もついているが、ひとことで言えばおしゃれだった。なんとなく気恥ずかしかったが、量がちょうどいい。はっきり言って、この年ではそんなに食べられない。これくらいが実はちょうどいいのだ。多かったら残せばいいとは思うのだが、どうも人前でそれをするのにはためらってしまう。家では別の理由で食べすぎてしまうくせに。

しかしこれなら食べ切れそうだ。

「では、この三種類の惣菜プレートを」

「はい、かしこまりました」

そう言って、伝票に何やら書いている。あのひづめみたいな手で。よくボールペンを持てるな、と思う。

「ごはんは普通盛りでいいですか？」

「ああ」

「食後の飲み物やデザートはいかがです？」

「じゃあ、コーヒーを」

「はい。三種類のお惣菜プレートと、食後にコーヒーですね。お待ちください」

「三種類ですー」とキッチンに声をかけると、「はーい」と返事が返ってくる。一人じゃないのか！　ということは、このぬいぐるみが料理を作っているわけではないのではないか？　池島夫人の勘違いかもしれない。

キッチンには次々と人が入ってくる。知っている顔はない。自分が知らないだけかもしれないが。だって話を聞いていると、みんな近所の人らしい。

それぞれ昼食を頼んだり、エプロンをしてキッチンに入っていったりしている。

「はい、三種類のプレートですー」

そんな声に振り向くと、ぬいぐるみが頭の上にトレイを載せて立っていた。え、頭つぶれているけど……。

「すみません、トレイを取っていただけますか？」

「あ、はい……」

ぬいぐるみの頭の上からトレイを取って、自分の前に置く。ふわりといい匂いがした。

すごく普通のメニューだった。それは手書きのメニューを見た時からわかっていたが、なんだか――本当に家で夕飯が出てきた時みたいだった。熱々の肉じゃが、鶏肉のチーズ焼き、ピーマンのきんぴら。汁物は大根と長ねぎの味噌汁。

凝ったものではないが、久しぶりにこんな温かい料理を食べる。それだけでうれしい――そんなことを思うなんて。

「ごゆっくりどうぞ」

ぬいぐるみが行ってしまうのを待って箸を取り、まずは肉じゃがのじゃがいもを口に入れる。玉ねぎ、にんじん、しらたきも入っている。

じゃがいもはほろりと口の中で崩れた。

「あちっ」

やけどするかと思うくらい、熱々でホクホクだ。甘い。さつまいも並みに甘い。でもごはんに合う味つけだ。薄めに感じられるのに。

ごはんもおいしい。ふっくらつやつやだ。冷たいごはんばかりだったから余計においしいのだろうが。

鶏肉のチーズ焼きには、何やら緑色のソースのようなものがかかっている。食べてみると——なんだっけ？　あー、バジルだ。さわやかな風味が、ほんの少しのアクセントになって、鶏肉を引き立てる。鶏肉は柔らかく、これもまたなぜか、バジルの風味とチーズの塩気がごはんに合う。

ピーマンのきんぴらは、鮮やかな緑の見た目でシャキシャキとした食感がいい。ピーマン、改めてこんなふうに食べると、苦みをほとんど感じない。

味噌汁の出汁もうまい。大根は大胆な短冊切りで、長ねぎは真ん中がトロトロで熱い。

善美の料理は断片的にしか思い出せなかった。肉じゃがも食べたし、鶏肉を焼いたものや、ピーマンではないがきんぴらも食べたことがある。

まずくなかった、むしろうまかったと記憶しているが、味は——というより、実際に家で何を食べたのかなんて、ほとんど憶えていない。あまり好物というのも意識したことはない。何か「食べたい」と言った記憶もない。母親にも。母は、ちゃんと作ってはいたけれど、偏った献立が多かったように思う。

父親は実家の商売を手伝っており、実直だったが、忙しい人だった。宗昭が中学生の時に亡くなったが、母の話では「実家にこき使われて、命を削った人」だそうだ。父の代わりに働きに出た母親にわがままは言えない、と思っていたのかもしれない。自分には、父親の手本にする人がいなかったのだな。もっと父と接していれば。優しい人であったという記憶はかすかにある。

笑い声に顔を上げると、ぬいぐるみが他の客と談笑していた。改めて見ると、いろいろな年代の人がいる。高校生くらいに見える若い女性や、子連れのグループ、スーツ姿のサラリーマン風、もちろん宗昭と同世代くらいの男女も。みんな楽しそうに食事をしている。一人で来ている人も、ぬいぐるみや他のスタッフと雑談している。

なんとなく寂しくなった。ここにはたくさんの人がいるが、宗昭は誰ともつながっていない。妻からは離婚を申し渡され、子供たちからは邪険にされて。

悲しくなってきてしまう。どうしてこうなった？　善美から離婚話を切り出されるまで、概ねうまくいっていると思っていたのに。

「どうしました？」

突然、声をかけられる。顔を上げると、ぬいぐるみが宗昭を見つめていた。

「え……？」

はっと気づく。頬が濡れている。

「どうぞ」

と言って、ぬいぐるみはティッシュの箱をテーブルに置いた。あわててティッシュで顔を拭く。ぬいぐるみは何事もなかったように行ってしまった。

人前で泣くどころか、めったに泣いたことなどないのに……。たまらなく恥ずかしかった。どうしてこんなことに……年をとって涙もろくなったのか？　そんな傾向は全然なかったのに……。

宗昭は席を立った。食事はまだ残っていたが、もう食べる気にならない。

レジは、ぬいぐるみが対応した。泣いたことや残したことは特に言われなかった。

「ありがとうございました。またいらしてくださいね」

それだけだ。そしてレシートと一緒に、

「これ、ここでやるイベントのカレンダーです。もしよければいらしてください」

とチラシを渡された。無言で受け取り、キッチンを出る。

うつむいたまま、家に帰る。冷たくほこりっぽい臭いのする家に。なんだか、また泣けてきた。

宗昭は靴も脱がず、玄関に座り込んだ。誰も出迎えてくれない。善美は家を出るまで、出迎えてくれた。それはどうしてだろう。離婚をしたいくらい嫌っていたはずだ。突然嫌いになるわけはないだろう。

でも、妻は家を出るまでちゃんと掃除をして、食事も作ってくれた。自分の生活は、宗昭自身で整えられていたわけではなかったのだ。

しばらく座り込み、涙が止まったところで家に上がった。ひらりと持っていたチラシが落ちる。

あのキッチンのイベントカレンダーか……。月に一度の手作り市、平日には昼食会、週末には料理教室——ほぼ毎日イベントが行われている。

その中で宗昭の目を引いたのは、「家事初心者講座」というものだった。

家事に不慣れな方であれば、どなたでも参加できます。掃除や洗濯、簡単な料理など、生活を基礎から学びませんか？

これは……おそらく自分のように妻に頼れなくなった男性向けの講座なのだろう。「どなたでも」という言葉でハードルを下げているが。

料理だけでなく、「家事」というところがミソだ。確かに掃除などしなくても死にはしない。しかしダニに刺されたり、最近は喉がいつもいがらっぽい。

善美が帰ってくればこれも解決する、と考えているが、先が見えない。子供に言っても、「自分のことは自分でやれ」と返されるだけだ。費用のこともあるが、人を家に入れるのもなんとなくいやなので、家事代行は頼みたくない。

自分はもう、こういう講座に参加しなくてはならないほど追い詰められているのだろうか。

そういう事態を招いた妻に対して文句の一つも言ってやりたい、と思うが、電話をかけても留守電のみで、「弁護士を通せ」とメールなどで言われるばかり。娘には「留守電に暴言を入れると有責のカウンターが回るだけだよ」と言われているが、留守電は嫌いなのでその心配はない。弁護士に文句を言えば、「早く離婚届に判をつけ」とやんわり言われる。妻の意志を変えさせる機会も俺には与えられないのか。

悩みを相談できる相手もいない。先日会った同窓生たち、寄り合いの仲間——いや、とても言えない。いつのまにか疎遠になった友人たちの顔も浮かんだが、今更どう言えばいいのか。

「自分のことは自分でやれ」。とりあえずできることは、それくらいしかないのかもしれない。

「家事初心者講座」には、様々な年代の男女がいた。想定外だった。

高校生の少女や、新卒社会人のような男性、ベテラン主婦くらいの年代の人もいる。宗昭のような年配の男性が一番多かったが、それだけでは決してなかった。ちょっと勇気づけられる。

新卒社会人っぽい男性は本当にそうで、一人暮らしをしていたら部屋がものすごいことになったので、アパートの大家のすすめでここに来たのだそうだ。

女子高生は、母親が家事をやらず、何も教わっていないので、このままではずっと家が汚いままになってしまう、と危惧していたら、コンビニでぬいぐるみに出会い、この講座を教えてもらったという。コンビニか——なんとなく憶えがあるような、と思っていたが、ぬいぐるみを初めて見かけたあの店ですれ違っていたのかも。

ベテラン主婦風の人も本当に主婦だった。ただし彼女の動機は、

「丁寧な生活がしたい」

というものだった。

「わたし、実はとても手抜きが上手なんですけど、ヒマで」

悪びれずにそんなことを言う。

「でも、丁寧な生活をしているとそれだけで一日がつぶれるって聞いたので」

みんな唖然とした顔をしていたが、ぬいぐるみの顔にそんな表情は見えない。ぬいぐるみだからな。

「家事を趣味にしたいということですね」

「そうね、そうとも言えるかも」

「それっていい発想ですよね。たいていの人は家事を趣味にはできませんから」

ぬいぐるみに乗せられてベテラン主婦はうれしそうだった。

そう、講師はあのぬいぐるみだった。家事なんてできるとは思えない。キッチンだって運ぶ手伝いだけかと思っていた。一応給仕役はこなしていたが、トレイの重みで頭がつぶれていたし、他に役に立っているんだろうか、と疑問ばかりだったのに。

気になるのは、参加者たちがぬいぐるみと顔見知りらしいということだった。みんな「ぶたぶたさん」と呼んでいる。確かにさっき、

「わたしは山崎ぶたぶたといいます」

と自己紹介していたが。ここができてから引っ越してきたのだろうが、宗昭は本当に全然気づかなかった。こんなに近所なのに。

講座と言っても、特に何かを準備しているわけではなく、

「今日は一回目なので、みなさんがどの程度の家事能力があるのかを聞かせていただきます」

と言われた。まずはアンケート用紙が配られる。料理、掃除、洗濯、買い物、ゴミの分別などの項目ごとに、どれだけできるかを記入する。自分が「何もできない」と可視化されていく。思ったよりもずっとショックだった。

「ふむ、なるほど」

ぶたぶたがそのアンケート用紙を見ながら、

「手抜きしているだけで、別にできないわけじゃないんですね」

とベテラン主婦に言う。

「まあね」

「ご家族の家事能力はどうですか？」

「あたしよりもずっとできるよ。まかせてらんないって感じで」

「なるほどー、反面教師ですか。では、お手伝いお願いしますね」

そう言って、なんとベテラン主婦に比較的家事能力の高い人をまかせ、特に能力の低い人たち（宗昭も含まれる）はぶたぶたが指導に当たることになる。

「手抜きって、ある程度できてないとできませんから、あちらの方々にそれを教えるだけでも充分家事能力アップにつながるでしょう」

ベテラン主婦にとってそれでいいのか悪いのかわからないが、彼女は特に文句も言わず、質問に嬉々として答えて、家事の基礎（手抜き？）を教えている。

こちらのまったく家事能力がないと判断された組には、宗昭と女子高生のまあや（漢字はわからない）、と妻を亡くした宗昭より少し年上くらいの人・瀬古がいた。

「君はこれから毎日ここに来てもいいんだよ」

ぶたぶたはまあやに言う。

「えっ、会費なんて払えません、お金ない……」

「いや、それは出世払いで」

一瞬なぜ？　と思ったが、そうか、女子高生だからか。まだ子供なんだ。話を聞くと、家でほとんどほったらかされているようだった。親のくせに――と憤ってから、自分を省みてしまう。まあやの母親、そして父親よりも子供に気をかけてきたか？　そう胸を張って主張できるのか？

「あなたはなぜ、ここに来たんですか？」

と瀬古に訊かれた。

「あ、わたしはチラシを見て――」

「そうですか。うちは家内が生前に申し込んでたみたいで。一度断ろうとしてここに来たんですけど、ぶたぶたさんに説得されましてね」

そう寂しそうに言われて、胸を突かれた。

ぶたぶたは自分たち二人に向き直り、アンケートを見ながら、

「とりあえず、最低限の家事ができるようにしましょう」

と言った。

「何か悩みがあるようなら、おっしゃってください」

ぶたぶたの問いに、瀬古が言う。

「寂しいんです……」

ぶたぶたが聞きたかったのはそういうことではないのだろうが、その言い方は本当に実感がこもっていた。

「いつも何か足りないって思うけど、それは用意してくれてた家内がいないからだと気づくわけで……それに甘えていた自分と、いつも一緒にいたんだから、もっと一緒にいろいろなことをすればよかったって……」

寂しい……宗昭にもその気持ちはある。でもそれは、彼のような寂しさだろうか。誰からも見捨てられて、孤独に過ごすことへの恐れの方が強いのではないか？　一人でもやっていけると思ったのに、そうではなさそうと悟ることへの失望かもしれない。

妻や子供たちがいないことを、自分はこんなふうに悲しむことができるのだろうか。

「寂しいことをなるべく考えないように、家のことをしたらいかがですか？」

ぶたぶたは言う。

「ほら、さっきの『丁寧な暮らし』ですよ」

「ああ、そういうふうに生活していると一日がすぐにつぶれるって言ってましたね」

瀬古は、「なるほど」みたいな顔をしている。

「岸川さんは何か疑問に思っていることなどありますか？」

「そうだな……。なんで何もしてないのに、腹が減ったり、家が汚れたり、着る服がなくなったりするのかねえ」

「そりゃ生きてるからですよ」

即座に言われた。

「生きてる、か……。自分一人なのに、確かに汚れますよね……。でもそれを、家内はずっと片づけてくれてたわけで……」

瀬古は下を向き、絞り出すように言う。

「自分のことは自分で片づけろって、生きてる間に言ってくれたらよかったのに……」

本当に泣き出してしまった。

「それって言ってたと思うけど」

瀬古がはっと顔を上げる。まあやだった。独(ひと)り言(ごと)のようだったが……。

「まあやちゃん、そんなことわからないでしょ。憶測(おくそく)でものを言ってはいけないよ」

ぶたぶたが目の間にシワを寄せて、困ったような声で言う。

「あ、ご、ごめんなさい……うちのママ、全然聞いてくれないから、つい……」

瀬古もまあやも、そして宗昭もしょんぼりしてしまう。瀬古のことはわからない。でも、自分には確かに家族がいろいろ言っていたと憶えている。「自分のことは自分でしろ」と言ったくせにやらなかったことも。

生きてるだけなのに、人は自分も周りも汚していく。その後片づけを、今まで人にやらせていたというわけか。まあやは子供だ。それでも、それを自分でやろうと思ってここに来た。宗昭は、この年になるまでわからなかった。

善美は、宗昭がこのまま変わらないと思ったから、離婚を切り出したんだろう。残り少ない人生を、人の後片づけだけで終わらせたくない——そうだな。そのとおりだ。俺だっていやだ。

瀬古は帰ってしまうかと思ったが、帰らなかった。まあやにも特に何も言わず、黙々(もくもく)とぶたぶたの指導を聞いていた。

宗昭は、

「家電の取扱説明書がないんだけど」

と訴える。

「あー、じゃあ型番がどこかに書いてありますから、それを今度メモって持ってきてください。よほど古いものじゃなきゃネットに取説があるんですよ、最近。ここで印刷します」

そんなことしてくれるのか。

「まず、取説をよく読んでください。めんどくさいとは思いますけど、書いてあるとおりに動かせば、たいていのことはできますよ」

「でも、説明書ってわかりにくいから――」

とつい言い訳をしてしまう、と自分で気づく。

「じゃあ、何がしたいかを自分で決めて、それだけでもできるようになりましょうよ」

講座の一回目で知ったのは、自分は家事が「できない」のではなく「したくない」のだということだった。しかし、したくなくてもやらないといけないらしい。

それから宗昭は、癇癪を起こしながらも、家事を一つ一つ憶えられるよう、努力をしていった。講座というか、キッチンにも通っている。舞彩（こんな字だった）も瀬古も、今では顔見知りだ。

家事は楽しくないし、めんどくさいし、要領もつかめない。これを趣味にしようという人が信じられなかった。洗濯物はどうしてもきれいに干せないし、食事を作ってもまずい。それでもなんとか着るものを清潔にできたし、家にあるもので食事を作る達成感は持てた。

だが、家事に終わりはない。自分が生きている限り、作って片づけて整えないといけない。何もすることのない宗昭にとって格好のヒマつぶしのように見えて、なんと地味で張りのないものなのか。会社では「成果」が見えていたからがんばれたが、家事にはそれがない。

それをいやな顔一つせず、家族のためにやってくれていたのが、善美だった。

そして、あのキッチンに通うようになって、ぬいぐるみのぶたぶたが、家事をなんと無造作にやってのけるのか、と感心した。近所の人や会員が適当に持ち寄った食材を使っておいしいものを手早く作り、なおかつ無駄も出さない。皆が飽きないように新メニューを考え、おいしいコーヒーをいれ、建物の前を掃除し、放課後やってくる子供の悩み相談にも乗る。

なんであのぬいぐるみにできて、自分にできない——というより、今までやらなかったのだろう。もっと若く柔軟な頃なら、たくさんのことを憶えられただろうに。

というようなことを、なんと舞彩が言っていたのに驚いた。まだ若いのに。

「もっと早くぶたぶたさんに教えてもらえばよかった」

みんなそういうふうに考えるのか。

それに対するぶたぶたの答えは、

「いつでも遅すぎるってことはないんだよ」

という優等生の言葉だった。

「でも、あたしできること少なすぎるし……」

舞彩は自己評価が低い子だった。宗昭はその反対で高すぎる。だからなのか、舞彩のようには素直になれない。しかしどちらも大して変わらない、と感じた。自分をきちんと評価できないこと自体が、困ったことなのだ。

「できるだけのことでも誠実にやっていれば、いつか自分で自分を『偉い！』って言えるようになるよ」

　誰かが認めてくれる、みたいなことを言うと思ったら！

「なんか突然、『あれ、けっこうできるじゃん!?』みたいに思うようになったりするんだよね」

「えっ、ぶたぶたさんもそうだったの？」

「当たり前だよ。ぬいぐるみなんだからね」

　ふんっ、と仁王立ちになったぶたぶたを見て、舞彩は笑い転げる。

　宗昭は、自分の手をじっと見つめる。ぶたぶたがあのひづめのような柔らかい手で、あの小さな身体で、あそこまでできるようになるには、どれだけ時間がかかったのか。だから彼の前では「やらない」と開き直ることができないのだろう。しかし、それを素直に言うことは、まだできない。

　それは善美に対しても、そうだ。

　それでも毎日、少しずつやらなかったことをやっていけば、言えなかったことが言えるようになるかもしれない。

　離婚にはまだ迷っていたが、とりあえず今の気持ちを伝えるために、弁護士宛に手紙を書いて出した。何も変わらないかもしれない。結局離婚になっても、それは善美の意志だ、と思えるようにもなってきた。そんなようなことを手紙にした。感謝と謝罪も記した。瀬古には申し訳ないけれど、彼のような後悔はしたくない。

返事はまだないが、それに癇癪を起こさないよう、懸命に抑えている。どうにも胸がざわつく時は、キッチンに行って食事をしたり、コーヒーを飲んだりする。たいていは黙りこくって。

横柄な口調もやめるようにしているが、まだ人と仲良く話せない。気をつかって話すと、言葉が出てこないのだ。

「こんにちは、岸川さん」

「こ、こんにちは、ぶたぶたさん……」

挨拶を言葉でちゃんと返したことなんかあったっけ？　と思う。

ぶたぶたと挨拶を交わすだけの日もある。でも、彼と会うともう少しで笑顔を浮かべられそうな自分に気づく。

今はせめて、そんなよいことを貯めていける毎日であろうと——その先に、笑っている自分がいてくれるとよいのだけれど。

行かなかった道

シェアハウス&キッチンYに舞彩が通い始めて半年ほどたった。

仕事に夢中で子供にあまりかまわない両親の元で育った舞彩が、「生活力をつけよう！」と一念発起して、ここの「家事初心者講座」に通い、ひととおり、最低限の家事、というより、とにかく自分の身の回りのことはなんとかできるようになった。生活をするということに今までまったく、これっぽっちもピンと来ていなかったのだ。

家の冷蔵庫に菓子パンやコンビニの弁当とかは入っているし、洗濯くらいは自分でできるし。おこづかいは決められていなかったが、引き出しに入っているお金を適当に使っても怒られなかった。

友だちもいなくて、学校でもぼっちだったから、誰も何も教えてくれない。たまに保健室の先生に話を聞いてもらったけれど、それで何か変わることは今までなかった。

きっかけは、コンビニでよく会うようになったシェアハウスの大家である山崎ぶたぶたのこの言葉だった。

「自分が変わるのが、一番簡単だよね」

舞彩は無気力だったけれど、変わりたいとは思っていた。「変わる」「簡単」と聞けば、飛びつかざるを得ない。

「どうしたら変われるの？」

「変わる」という言葉に舞彩は興奮した。なんだかずーっとこのままなのかな、と思っていたのだ。高校に入ったばかりでなんとか通えているけど、大学へ行ったり、就職したり、恋愛とか結婚とか、自分には無理なのではないかと。勉強もあまり好きではないし、いつも頭がぼんやりしているし。

「地道に変わるしかないけど、あまり面白くないよ？」

コンビニの前でアイス（おごってくれた）を食べながら、ぶたぶたは言う。ソーダアイスをしゃりしゃりハムスターみたいに食べている桜色のぶたのぬいぐるみ。大きさはバレーボールくらい。声はおじさん。すごく面白い。

「明日変わりたいと思うのなら、やめなさい。続けていれば一ヶ月後、半年後、一年後には確実に変わってるけど、気づかないかもしれないくらい地味でつまらないことだから。それでもいいなら教えてあげる」

舞彩は、「それでもいい」と言って、シェアハウス&キッチンYに通い始めた。

半年たって、確かに変わった。両親は変わらないが、舞彩は変わり続けている。

「簡単」の意味っていろいろあるんだな、と思う。「変わる」ための道は一本しかないのだ。それは先が見えないし、実際に長い。単調でつまらないし、飽きてしまうし、近道をしたくなる。だが近道に見えてもそれは別の道でしかないし、挫折したら元のところに戻るしかない。歩みを止めたら変われない。

つまらなくても、近道をしたくても、一本の道を毎日一歩でもいいから進むしかない。でもそれだけ。たったそれだけだから「簡単」。そういうことだったのだ。

「簡単」なことは習慣にしやすい、というのもわかった。一つ一つは本当に「簡単」だから、慣れると苦ではなくなる。

でも、それをやり続けるためには強い意志が必要だというのもわかる。舞彩にはそんな根性はない。

とぶたぶたに言ったら、

「根性で何かやるのは挫折しやすいからおすすめしない。慣れだよ、慣れ。ヒマって言ってたでしょ、舞彩ちゃんは。ヒマつぶしにやればいいの」

忙しいなんて思ったことないからなあ。

そんなこんなでヒマつぶし続けて半年。当初よりだいぶマシになった。最近は、キッチンで夕食の準備を手伝えるようになった。シェアハウスの人たちと一緒に食べている。勉強も教えてもらえる。

そこで初めて、相良智世（さがらともよ）に出会った。

シェアハウスに住んでいるのは六組七人なのだが、その中で智世にだけ会ったことがなかった。

みんな仕事をしていたり、学生だったりするので、平日はあまり顔を合わせる機会はないが、週末や休日のイベントなどは参加する人も多い。

けれど、智世だけはそういう時も出てこなかった。だから、夕食を一緒に食べるようになるまで、存在を意識したこともなかった。

智世はとてもきれいな人だった。背が高く、スタイルもいい。会社から帰ったばかりで、かっちりとしたスーツを着こなし、もう夜なのにお化粧（けしょう）も決まっていた。巻き髪のカールも美しい。

「こ、こんばんは……」

初対面（しょたいめん）なので、緊張しながら挨拶する。

「こんばんは」

にっこりと余裕の笑顔。こんな女性になりたい、と思ったけど、多分無理だ。

彼女はぶたぶたが出してくれる夕食を「おいしい、おいしい」と言ってきれいに食べ、さっさと自室に引き上げていった。すごくさっぱりしている。なんだかかっこいいな、と密（ひそ）かに思った。


その夜、家に帰ってからスマホがないことに気づいた。

えっ、どこかに落とした⁉　それとも盗（ぬす）まれた⁉　どうしよう！　なくても実はそれほど困らないかも、と一瞬思ったが、いやいや、いくらか入ってる連絡先とか、アプリを無断で使われていたずらされるかもしれない。人に迷惑かけちゃうかも。それに、音楽が聞けない！　いつも聞きながら寝ているから、ないと眠れない！

思い出してみると、キッチンで出したのが最後っぽい……。あそこにあるなら、そんな変な人は拾わないはず。でも、だからって安心してはいけない。

舞彩は、自分のスマホに家から電話してみた。すると、何回か鳴ったあとに誰か出る。

緊張で心臓がバクバク言っている。

「もしもし？」

女性の声だった。でも多分、ぶたぶたの奥さんの声じゃない。

「あっ、あの、そのスマホ、あたしが落としたものなんです」

「あ、そうなんですか？」

「もしかして、そこはシェアハウス&キッチンYじゃありませんか？」

「そうです」

「あたし、今夜そこにいて……」

「ああ、ええと、岩谷さんだっけ？」

「あ、そうです。岩谷舞彩です」

「わたし、相良です」

あ、今日初めて会ったきれいな人！

「テーブルの荷物置きの奥で鳴ってましたよ。ないと困るでしょ？」

「は、はい……」

「コンビニかなんかで渡しますよ。どこならわかる？」

「あ、えーと……」

いつも利用しているコンビニの店名を言う。

「どのくらいで来れる？」

「五分で行けます」

「じゃあ、五分後に」

舞彩は電話を切った。急いで出かける。走って行ったから、三分で着いた。

ここのコンビニは遅い時間帯の方が混んでいるが、智世らしき人は見つからない。いや、まだ来てないか。

店内をグルグル回っているうちに、約束の五分が過ぎる。入ってくる人がいるたび確認したが、みんな違うみたい。

戸惑(とまど)って自動ドアを見つめていたら、

「岩谷さん？」

と後ろから声をかけられる。あわてて振り返ると、見たことない人が立っていた。紺(こん)

色のスウェットの上下を着て、サンダル履き。ひっつめ髪に黒縁の大きなメガネ、眉のないすっぴん顔……。

「相良です」

「えっ⁉」

と言ってしまってから、「しまった」と思う。失礼だった⁉

智世は笑って、

「あー、さっきとは全然様子違うもんねー」

と言った。

「はい、どうぞ」

彼女はそう言って、スマホを渡してくれた。そして、

「梶野幾多、好きなの？」

と言った。

「えっ、なんで――」

と焦ったが、そういえばネットで拾った画像を待受にしていた。

「あ、す、好きです……」

　梶野幾多は最近メジャーデビューしたばかりのシンガーソングライターだ。舞彩はインディーズの頃から好きだった。といっても、中学生の時に知ったのだけど。偶然ネットでミュージックビデオを見て、曲も本人も「かっこいいな」と思って、以来ずっと聞いている。ライブにはまだ行ったことはないけれど、スマホに入っているのは、ほとんど彼の曲だ。

「そうなんだ。わたしも好きよ」

「ほんとですか⁉」

　そんな人、初めて会った！　うれしい！

「あのっ、どの曲が好きですか？」

　舞彩はついたずねてしまう。すると智世はスラスラと曲名を答える。

「それ、あたしも好きです！」

　コンビニにいることも忘れて、大声を出してしまう。

「あ、ご、ごめんなさい……」

「大丈夫だよ。彼のファンの人、わたしも初めて会ったよ。ちょっと話したいな。ファミレスにでも行く？　時間は平気？」

「平気です！」

今日も両親はいないし、舞彩が遅く帰った時にたまたまいたとしても、特に何も言われない。

智世に連れられて、舞彩の家近くのファミレスへ行った。パフェをおごってもらう。おいしいけど、ぶたぶたが作ってくれる適当パフェの方がおいしいな。

と思ったら、智世も、

「ぶたぶたさん、よく適当なもの組み合わせてパフェ作ってくれるけど、食べたことある？」

と訊いてきた。

「はい。おいしいですよね」

「おいしいよね。同じものを単品(たんぴん)で食べるより、ああやってグラスに盛(も)った方がおいしいってなぜなんだろうね」

そのあとはずっと、梶野幾多とぶたぶたの話ばかりを二人でしていた。

ぶたぶたは、舞彩の恩人だと思っている。出会ったのは中学二年の時だった。毎日コンビニに行っていたら、ある日突然、バレーボール大のぬいぐるみが現れるようになったのだ。黒ビーズの点目に突き出た鼻。大きな耳の右側はそっくり返っていた。
それがぶたぶたで、ちょうどシェアハウスがオープンした頃だった。最初のうちは怖くて、でも気になって、チラチラ見ているだけだったのだが、ある日、ものを落としたのを拾ってあげたら、

「ありがとう。お礼にパフェをごちそうしてあげましょう」

と言って、シェアハウスの名刺をくれたのだ。パフェにつられてノコノコ行ったら、本当におごってくれた。それが智世も言っていた「適当パフェ」だった。アイスクリームやシャーベット、生クリームや果物、チョコソース、その時にあるプリンやパンナコッタやあんこや砕いたビスケット——それらを適当にグラスに詰めたもの。

「おいしかったなー」

こんなおいしいもの、初めて食べた、と思った。でも、シェアハウスにはたまにしか行かなかった。入り浸ってしまったら、勉強しないで高校受験に失敗しそう、と思ったからだ。触れる地域猫も近所にいたりして、誘惑に打ち勝つのに苦労した。

そして、高校生になってやっと、シェアハウスでやっている「家事初心者講座」に通い出した。

「ぶたぶたさんが作るものって、適当なのほどおいしいよね」

智世がそう言って笑う。

「人に作ってもらうものはなんでもおいしいけど、ぶたぶたさんのは格別なのはどうしてなんだろう」

それは独り言のようだったが、舞彩にも返事はできなかった。ぬいぐるみなのに料理上手。それを受け入れているあたしたち。

舞彩は、自分が人と違うということは自覚していた。中学でも高校でもぼっちだ。でも、いじめられたりしないから、別にいいかな。寂しいのだとは思うけど、よくわからない。寂しかったらとっくにそれでおかしくなってそうだが、そんなんでもなさそう。けどなんだか、人を観察していると、寂しがり屋の人が多いように感じる。一人になりたくなくて、友だちを作ったり、話題を振ったり、声をかけたり。自分もやらなきゃいけないのかな、と考えた時もあったけど、なんだかものすごく疲れたから、以来一人でいいやと思っている。

一人が楽しいわけじゃないけど、それでどうにかなることはなさそうってだけなのだが。

智世も、もしかしてそういう人なのかな、と舞彩は思う。自分と同じとはもちろん思わない。なんかこう、ズレてても平気な人っていうか——ギャップのある人なのかな。夕食の時とまるで別人なのはどうしてか、とたずねたかったが、うまい言い回しは思いつかなかった。ストレートに言い過ぎて失敗することが多い。ぶたぶたに注意されて、少し気をつけるようになった。

「もう遅いから、帰りなさい」

と智世が言う。あー、もうこんな時間か。どちらかというと、ぶたぶたの話ばかりをしていたかな？　けど楽しかった。ぶたぶたは、梶野幾多と同じくらい好きだ。でも、

「また梶野幾多のことでおしゃべりしたいです」

智世は確かに彼のことにくわしかった。今度もっと話が聞きたい。

「いいよ。じゃあまた来週、同じ時間にここで会おうか」

うおっ、なんか友だちと待ち合わせみたい——！　舞彩はちょっと感動してしまう。

「いいんですか!?」

「いいよー」

気さくに智世は言う。

「また来週待ってます！」

智世はファミレスを出ると、

「じゃあね、また来週。お疲れー」

そう言って去っていった。


それから舞彩と智世は、毎週ファミレスで会うようになった。

ちょっと甘いものを食べたり、あったかい飲み物を飲んだりして、ぶたぶたと梶野幾多のことを話す。とても楽しい時間だ。

二人でヘッドホンを分け合って、幾多のニューアルバムを聞く。

「はー……やっぱり歌詞がいいんですよねー」

彼の最近の曲は悲しげな歌が多い。それで泣いたりすると、気分がスッとするのだ。

ぶっちゃけ失恋ソングなのだが、失恋はよくわからなくても、「独りぼっち」について歌っているから詞が刺さる。

「そうだねえ……」

智世もしみじみと言う。彼女は多分舞彩よりもだいぶ年上だから、失恋は経験あるに違いない。訊いてみたい。でも、悪いかな……。

迷っていると、

「どうしたの？　何か訊きたいことがある？」

見透かされてしまった。顔に出るんだろうか。人づきあいが薄いから、そんなこと言われたことないけれど。

訊きたいことは失恋のことだけでなく、いろいろある。相変わらず彼女は会社帰りとはまるっきり違う雰囲気だ。会社ではキャリアウーマンなのか、とか、ぶたぶたとは元からの知り合いなのか、それともシェアハウスに入ってからなのか、とか、どういう経緯でシェアハウスに入ることになったのか、とか……。

全部は訊けないから、一つに絞ろう。どれにしようかな。

「いっぱいあるんです」

「なあに？」

「うーん……なんだかギャップがすごいな、と思って」

「ああ」

そう言って、智世は笑う。それだけで察してくれたみたい。

「わたしは今、絶賛ダラダラ中なんだよ」

「ダラダラ中？」

「二十代にがんばり過ぎたから、しばらく何もしないでダラダラしようと思ってて」

「がんばり過ぎたって……仕事ですか？」

「仕事は今もがんばってるよー。一応、会社に行く時は気合い入れてる。早く帰りたいからね」

なんだか言っていることがよくわからない。気合いを入れてるのに、早く帰りたい？

「ちゃっちゃと片づけて、ほぼ定時で上がるためだよ。そうじゃなきゃシェアハウスの夕飯には間に合わないもの」

夕食は午後七時半からなのだ。仕事をしている人は間に合わない場合もあるが、みんなぶたぶたのごはんが食べたいから、なるべく早く帰ろうとしているらしい。舞彩はまだバイトとかしていないが、もしするようになったら間に合わないのかな……。でも、なるべくみんなと一緒に食べたいな……。

「貯金が全部なくなったから、また稼がないとねー」

「えっ⁉」

それは二十代で全部使ったということ⁉

「そんなに驚くなんて」

智世はそう言って笑うが、

「あたし、貯金とかしたことないし」

「自分の銀行口座はないの？」

「ないです。親が管理してるのかもしれないけど、それって実質親のものでしょ？」

昔――小さい頃はたまに祖父母や親戚の家に行ってお年玉をもらったけれど、使った記憶はないし、もう何年も行っていなかった。親に連れていってもらわないと、どこに住んでるのかさえわからない。顔もよく憶えていない。

「そうなんだ……。わたしは小学生の頃から貯金が趣味で」

衝撃的なことを言われた。貯金って趣味になるの⁉

「大学の頃から株もやってて」

株って、野菜のカブじゃないよね？　あれだよね、株式会社とかの株。

「株って、お金持ちの人しかできないんじゃないの⁉」

株主ってそういうことでしょ⁉　社長とかと同じなんじゃないの⁉

「いや別に、お金持ちじゃなくてもできるよ。けど、お金を増やすのは大変だよね」

「……お金持ちなんだ、智世さん」

「何聞いてたの？」

そう言って智世はゲラゲラ笑う。

「今はほぼ文無し（もんな）なんだから。シェアハウスに入れて助かったって人間なんだよ」

ぶたぶたのシェアハウスは、実はDVや虐待（ぎゃくたい）などの被害を受けた人たちを支援（しえん）する団体と提携（ていけい）していて、そういう人が優先的に入れるシェアハウスなのだという。初めて聞いた。

「そうじゃない人は入れないんですか⁉」

「入りたいの？」

ちょっとそう思ってた。でも、住む家は一応あるし……。寂しい家だけど、家賃はいらないわけだし……あたし、お金ないし。

「そうじゃなくても入れるよ。だってわたしは違うし。あいている時は優先的になるだけらしい」

「でも、助かったって……」

「あそこに来るような人は、たいてい何か助かってるでしょ？　あなただって」

「……そうかも」

「出会ったのがぶたぶたさんじゃなくて、悪い人だったらどうなってたと思う？」

そんな怖いこと想像できない。あ、そういう人はきっと「明日すぐ、簡単に変われるよ」って言うに違いない。

「わかんないけど、以前のあたしだったら悪い方に行きそう……」

「だよねー。わたしももっと早くにぶたぶたさんに会いたかったよ」

智世さんはそう言って笑った。それって、もしかして二十代の頃につらい目にあったってこと？

でも、彼女の笑い声は、本当に楽しそうに聞こえた。高校生の舞彩にはわからないことだらけだけど、今はなんだか幸せそうに見える。特にぶたぶたのごはんを食べている時。魚が好きらしく、煮魚にとても喜ぶ。焼き魚ものすごくきれいに食べるので、すごいなと思っている。

あと、幾多の曲を聞いている時もなんだかすてきな顔をしている。

二人で彼らの話をできるのが、舞彩はうれしかった。学校でもし友だちができても、こんな話はできない。大人の女の人と話すというのも経験がなかったし。身近な大人の女の人は母親だけだけど、何年まともに話していないんだろう。

今日も家には誰もいないんだろう。いてもいなくても、変わらないか。


そんなある日、いつものように舞彩がファミレスへ行くと、智世もいつものように待っていたけれど、なんだか沈(しず)んだ様子だった。

「どうしたんですか？」

智世のこんな顔は初めて見た。顔色も悪い気がする。

「ううん……なんでもない」

……小説だと「なんでもない」って言って本当にそうだったことってないよね？　と思ったけど、言いたくないことなんだな、というのはわかった。最近、智世とぶたぶたから「小説読みなさい」とすすめられて、何冊か読んでいるのだ。

「それより、これあげるよ」

そう言って差し出されたのは、コンビニなどでチケットを入れる封筒だった。

「開けて」

言われるまま開けると、そこには梶野幾多のライブチケットが二枚入っていた！　ニューアルバムリリース記念ツアーの最終日の！　もうツアー全部ソールドアウトになってて、追加公演もないはずの！

「えっ、えっ⁉」

うれしいけど智世は暗い顔をしているし――なんで⁉　どうして⁉

「友だちと行ってきなさい」

そう言われて、もっとショックを受ける。智世と行けると思ったのに。

「智世さんは行かないの？」

「うん、わたしは行かない」

「どうして？　幾多のファンなんでしょ？」

舞彩の質問に、智世は首を傾げるだけで何も言わない。

「もしかして、ファンっていうのは……違うんですか？」

それにも智世は答えない。そのかわり、こう言った。

「わたしのことはもういいの。楽しんできて」

そのあとは、智世は口をつぐんだ。

舞彩はそれでも彼女の向かい側に座って、何か言ってくれるかと待っていたが——先にあきらめたのは舞彩だった。でも、これだけは譲れない。

「もらえません」

とチケットを突き返した。すると、やっと智世が反応した。

「ライブに行きたいって言ってたでしょ？」

「智世さんと行きたいんです」

「他の友だちと行きなさい」

「友だち、いないです」

「そんなこと……」

「ほんとにいないです」

何度もくり返すのは、なかなかの苦痛だな、と思ったり。

「だから、智世さんが行かないなら、行かないです。智世さんこそ他のお友だちにあげてください」

舞彩は席を立って、急いでファミレスを出た。

初めて友だちができたって勝手に喜んでいたけど、本当に勝手なことだったんだな、と涙が出た。

次の日から、シェアハウスには昼間だけ行った。学校帰りに寄って、宿題をしたり、勉強を教えてもらったりして帰る。夕食のお手伝いは「母がいるから」と言って断っていた。いるわけないのに。

元々会費も払ってないし、シェアハウスの住人でもないのにお手伝いだけで夕食をごちそうになるのは悪いな、と感じていた。そろそろ甘えるのはやめた方がいいのだろうか。

そう思っても、昼間少しの時間だけ寄るのはなかなかやめられなかった。これを少しずつ短くしていけば、いつか卒業できるかも……でも、ここの前で猫に会うのも楽しみなのに……。

そんなことを考えながら、ぼんやりと教科書をめくっていたある日、ぶたぶたが話しかけてきた。

「舞彩ちゃん、智世さんから預かったものがあるんだけど」

そう言って差し出したのは、やっぱりあのライブチケットが入った封筒だった。

「……それは、智世さんに返したものです。あたしはいらないって

「智世さんからはぜひ渡してほしいって頼まれたんだけど」

ぶたぶたは困ったような顔になる。ちょっとずるいな。彼にチケットを突き返す役目を舞彩に負わせるなんて。

「あたし、智世さんと行けないのなら、行かないって言ったんです」

「ライブに一緒に行く予定だったの？」

「そうじゃないです。そんな予定はなかったの。突然、智世さんが持ってきて」

「一度断ったんだね？」

ぶたぶたは事情を知らないらしい。ファミレスでのことを説明する。

「そもそも智世さんはこのミュージシャンのファンなのに……」

「そうなんだ。行けない理由があって、それがショックで沈んでいたのかもしれないね」

ぶたぶたの言葉にハッとなるが、

「だったらそう言ってくれればいいと思いません？」

「うーん、確かに……。僕に言わないのも、普段の智世さんからすると違う感じだね。

すごく気をつかう人だから。それでも言えない理由なのかもしれないけどね」

そうなるとキレた自分も悪かったかもしれない。でも、本当にそうかはわからないし。

「智世さんは僕と舞彩ちゃんで行ってほしいって言ってたけど」

「えっ、梶野幾多のこと知ってるんですか!?」

「いや、知らないよ。さっき舞彩ちゃんが封筒開けるまで中に何が入ってるのかも知らなかったし。智世さんが好きだっていうなら、僕が行く理由はないよね」

もうどうしたらいいのかわからない。

「智世さんに何か言いたくないことがあるのはわかります。けど、とにかく行かないって言ってください。何も説明されないで納得しろっていう態度は親からさんざされているので、他の人からもそんな仕打ちを受けたくないんです」

意地を張ってることになるんだろうけど、舞彩としてはこれが精一杯の反論だった。

「そうか……わかったよ」

ぶたぶたは封筒を持って、キッチンの奥へ行ってしまった。

本当はライブに行きたかった。一枚だけなら、気後れするだろうが一人でがんばって行っただろう。なんで二枚？　他に一緒に行ってくれる人がいないのに……。ずる賢い子なら、余ったチケットを換金したりするんだろうけど、好きなミュージシャンのチケットをそんなことに利用したくない。
妙に悲しくて、舞彩は泣きそうになったが、我慢した。友だちを作るのは難しい。

舞彩は数日、起きられなくて学校を休んでいた。体調が悪いわけではない。なんだか疲れていて、目が覚めないのだ。

かといって、家にいたいわけでもなく、登校時間を過ぎるとのそのそ起き上がって、シェアキッチンへ向かう。朝食時はシェアハウスの住人しか入れないのだが、彼女たちが出かけた九時くらいから開いているのだ。ランチの十一時半までは自分で飲み物をいれて、勉強したり、ぼんやりして過ごす。こういう子供は少なくないけれど、午前中から来る子はあまりいない。数日舞彩の貸し切り状態だった。

その日も、勉強というか、教科書をパラパラめくって読んでいるふりをしながら、外をながめていた。雨が降っていた。ここでも家でも、誰からも文句は言われないが、ここにいた方が居心地がいい。なぜなのかな、と考えていた。

「舞彩ちゃん」

ぶたぶたに呼ばれて振り向くと、智世がいた。これから会社へ行くのか、きちんとメイクをして、スーツを着ていた。

「ごめんね、舞彩ちゃん」

智世が頭を下げた。

「ぶたぶたさんに言われて、ちゃんと説明しなくちゃって思ったの」

メイクをしていても、表情はあの夜と同じに見えた。なんだか気の毒に思う。

「無理して言わなくていいんです」

「違うの。あの時は確かに言えなかったけど、今は落ち着いたの。ほんとにごめんね。それであの……ぶたぶたさんにも聞いてもらいたくて、同席を頼んだんだけど、いい？」

「はい……」

二人きりより、ぶたぶたがいてくれた方がいいかもしれない。

智世とともに、窓際の小さなテーブルを三席で囲むように整える。

「座って。お茶をいれてあげるから」

ぶたぶたは、智世にコーヒー、舞彩にはゆず茶を入れてくれた。二つのマグカップを持ったまま、中身をこぼさず隣の椅子に飛び乗る技はいつ見ても唸ってしまう。

「僕は本当にいていいの？」

ぶたぶたは紅茶のカップを持って座る。

「もちろんです。だってここに入らなかったら、今わたしはどうなってたか――」

「そんな大げさな」

しかし話を聞くとそれほど大げさでもなかった。

「これは、田舎の親にも友だちにも言ってないんです。なんでかっていうと、まあつまり、恥ずかしくてですね……」

そう智世は語り出した。

「二十代の頃、わたしはある人と一緒に暮らしていて、彼のために自分の時間とお金をすべて使っていて」

舞彩は戸惑う。それがどう今とつながっていくんだろう。

「もちろん彼氏だったんだけど。大学時代に知り合って、それから彼のためにバイト代も会社の給料も、株で儲けた金も使いまくってねー」

「わたしと初めて会った頃もそうだったんだね？」

とぶたぶたがたずねる。

「そうですよ。あの時はびっくりしたけど、このシェアハウスの話は、ものすごく印象に残ったんです」

智世は不動産会社に勤めているって初めて知った。優秀な営業ウーマンで、高級な家やマンションを、今もバンバン売っているという。

「ぶたぶたさんは、シェアハウス経営について相談にいらしてね。でもうちは主に分譲マンションや一軒家が専門で、アパート経営には弱いんで、お断りしましたよね」

「でも、そのかわりに紹介していただいたところでトントン拍子に進んで」

「わたしはその頃、もうすぐ三十で、身体も心も限界に来ていたので、彼氏のことどうしようかと思ってたんですよね。一応、別れてたんですよ。けど一緒に暮らしていたというか、押しかけられると家に入れてしまうし、ごはん食べさせたりしちゃうし……。ほぼ居候みたいな感じで、何度も何度もそれをくり返してた頃だったんです。そしたら、このシェアハウスができたって、ぶたぶたさん知らせてくれたじゃないですか」

「お礼のお手紙を出しましたね」

「わたしは『これだ！』と思ったわけですよ。だって、ここだと自室には外部の人は入れないんですよ！　家に入れなければなんとかなるかも、と思ったんです。入れなければ、そう言って断れるじゃないですか」

それだけでいいんだろうか……。舞彩は首を傾げる。

「それにごはんも作ってもらえるし、掃除も自室だけでいい。なんて楽なんだ！　と思ったわけです。だから、入れるかどうかわからなかったけど、申し込んだんです。そしたら入居できて――それから、ずっとここでダラダラしながら働いているの」

最後のところは、舞彩に向かって言った。

「その彼氏っていうのが、梶野幾多だったんだよ」

突然出てきた名前を、とっさに舞彩は把握できなかった。だが次の瞬間、

「――ええっ⁉」

悲鳴のような声が出た。

「幾多の元カノってことですか⁉」

「そう」

智世はクールな声で答える。

「写真もあるよ」

　スマホの中にある写真を見せてくれた。膨大な数だった。元カノではなくただのファンだとしたら、こんなに撮れるわけない。二人だけとか幾多だけとか、プライベートを思わせるような写真も多い。

「え、じゃあそのチケットは……？」

「別れたっていうか、わたしがここに入居したのは、メジャーデビューするちょっと前だったんだよね。デビューしてから約二年、地道にがんばってきて――」

　幾多の夢を、この人は支えたんだ。

「それで、わたしに謝りたいと思ったんじゃないかな。実家宛にチケット送ってきたの。それが会社に転送されてきたのがあの夜で、わたしなんだかすごく落ち込んでしまって……」

「そうだったんですか……」

　梶野幾多と知り合いというのなら、あんな貴重なチケットを持っていても不思議じゃない。

「言えないことがあるんじゃないかってぶたぶたさんは言ってたけど、ほんとだったんですね」

「まあね。あまりおおっぴらに言えないことでもあるし」

元カレが芸能人なんて……確かにそれは言えない。

「ごめんなさい……。なんかむりやり言わせたみたいで」

「ううん、いいんだよ。ライブ、二人で行こう」

「えっ、いいんですか⁉」

「うん、幾多に会いたいなら、会わせてあげる」

「ええーっ‼」

一気にテンションが上がった。嘘⁉　ほんと⁉　えーっ、どうしよう！　どうしたらいいの⁉

「ありがとう、ありがとうございます、智世さん！」

舞彩は立ち上がって智世の手を取り、ぶんぶん振った。

「うれしい！　ライブって初めて！　智世さんと行けてうれしい！」

いつのまにかぴょんぴょん飛び跳(は)ねていた。なんか自分が、すごく小さな女の子になったみたいだった。いつ頃だろう、こんなことしてたの。昔から、そんな楽しいことなんてなかったけれど。

ライブは一週間後だった。わー、もう何着てこうとか、そういうことしか考えられない！　歌詞は全部憶えてるから、大丈夫。でもライブハウスだからオールスタンディング——お、踊ったりって適当でいいのかな⁉　踊れる⁉　ノリについていける⁉　空気読めないからな、あたし……。

「あ、いろいろ考えてたら少し不安になってきた……。けど、行けないよりずっといいです！　行けるってほんとに思ってなかった——」

無駄な期待はしないようにしてるから。

「よかったね、舞彩ちゃん」

「ありがとうございます、ぶたぶたさん」

「いや、僕は何もしてないよ」

濃いピンク色の布が張られた手を振る。

「でもここに来てからは、いいこと多いよ！」

そう言うと、

「そりゃあよかった」

と言って、にっこり笑った。ように見えた。

智世は、約束どおり舞彩に付き添い、梶野幾多のライブへ行った。けっこうな覚悟がいった。だいたい、どういう意図があってチケットを実家に送ってきたのかわからないからだ。こういうことがあるから、実家にも今住んでいるところを教えていない。でも会社は知られているから、あんまり意味はないのかもしれないけれど、それはこっちの気分の問題だ。

ぶたぶたから、「何も説明されないで納得しろっていう態度は親からさんざされているので、他の人からもそんな仕打ちを受けたくない」と舞彩が言っていると聞いた時は、申し訳なかった。ぶたぶたにもここに入居した経緯はくわしく話していない。できれば話したくなかったが、これを機に、とりあえずぶたぶたに話してみようと思った。

舞彩に話したことは概ね合ってはいるのだが、ぶたぶたに話したことはもっと生々しい。

まあつまり、男——梶野幾多に貢いで貢いで、貢ぎまくった二十代を送ったという話だ。そこには、自分のコンプレックスもあった。智世は小さい頃から歌手になりたいと思っていたのだ。

親に頼んでボーカルスクールにも入れてもらったが、成長するにつれて、デビューできるような人とのレベルの違いを目の当たりにする。大学時代には友だちと結成したガールズバンドのボーカルをしていたが、彼女たちも同じような「二軍」感覚を持っている女の子たちだった。就職したら、もうバンド活動はやめる——そういう意識で楽しくライブをしていたのだ。

その時、誘われて見に行ったのが、幾多のバンドだった。衝撃的だった。歌詞もメロディーも歌い方も。自分が夢見たようなボーカリストがそこにいる、と感じた。以来、ライブに通い詰め、何度目かに声をかけられて打ち上げなどに行くようになり、やがてつきあい始めた。

幾多は天才肌だが気まぐれで、バンドのメンバーとの仲違いもしょっちゅうだった。そのたびに智世が間に入って仲裁したりしていた。バイトも続かず、次第に智世の一人暮らしのアパートに入り浸るようになる。当然、養うようになってしまうわけだが、それに関してはむしろ「うれしい」と感じてしまうほどだった。好きな人と一緒に暮らして、彼の夢を応援できる立場に自分が選ばれたなんて——と思っていたからだ。それからはずっと、彼のために生きてきた。仕事は、実力主義だが稼げるところを選んだ。激務だが意外とホワイトで、人に迷惑をかけなければ勤務時間も休みも自由に調整できた。勤務態度に干渉する人もいなかった。

仕事以外の時間は、すべて幾多のために使った。最初はバイトを掛け持ちしていたが、身体がもたず、そのかわり、大学時代に少しかじっていた株を本格的に始めたら、なかなかの副収入になった。

が、お金もすべて彼のために使ってしまう。インディーズではかなりの人気になって、楽曲も注目され出していたから、「もっといい曲を作りたい」と言う彼のために、防音のマンションに引っ越しをし、「もっとキャパの大きなライブがしたい」と言えば、智世がライブハウスにブッキングし、リハーサルのスケジュールを立て、宣伝もし、当日の雑用も引き受けた。「ツアーをしたい」と言えば、会社を休んで宿泊先や機材を運ぶ車を手配し、運転手をやり、打ち上げの場所まで用意した。

智世はいつの間にか幾多のマネージャー的な仕事を率先してやるようになっていく。寝る間も惜しんで彼を支えた。一人で何人分の仕事をしていただろうか。

そうなるとそれが普通のことになり、幾多はなんでも智世に頼むようになる。恋人だったのが次第にスタッフとして、なんならお母さんのような立場として見られるようになってくる。どんなわがままを言っても許してくれる、と思われてしまったのだ。

二十代で体力があったとはいえ、なんの影響もないなんてことはなく、智世はどんどんやせていった。忙しくて食事をしているヒマがなかったからだ。睡眠時間もろくに取れず、あの頃の自分は明らかにおかしかったに違いない。友だちや、会社の同僚までが、見かねてこんなことを言ってくれた。

「あいつは智世を食い物にしてるだけだよ。売れる保証もないのに。あなたが先につぶれてしまうよ」

そう言われても、智世の目は覚めなかった。幾多と、彼の音楽が好きだったから。邪険に扱われても、浮気をされても、お金を一銭も返してくれなくても、感謝のひとこともなくても、幸せだと思いこんでいたから。

それは確かに幸せの一種ではあったと思う。幸せなんて、その人の主観だ。他の人から与えられるものではない。ただ、主観であるからこそ、その気持ちは突然変わることもある。

きっかけはぶたぶただった。

彼が最初に来た時、会社は大騒ぎになり、「誰が応対するか」とわずかな議論の末、智世に白羽の矢が立った。という大げさなことではなく、とにかくみんな尻込みしたから智世が買って出たというだけだ。

彼がぬいぐるみであることをあまり考えないように対応するうちに、相談されたシェアハウスに興味を持った。

「DVや虐待で行き場を失った人のシェルターとしても利用してもらいたいんです。一時的な安息の場所として、セキュリティもしっかりしたい」

そういう人たちを支援しているNPOとも連携すると言っていた。もちろん、それ以外の人も入れる予定だという。その場合は紹介や面接などで「ここが必要」と判断した人だけに絞りたい、とも。

「理想論ですけどね」

ぶたぶたはそう言って笑った。

結局、ここでは扱いが難しかったので、他の会社を智世は紹介した。普通ならそれで忘れてしまうところだが、智世はなぜか忘れられず、ことあるごとに情報をチェックした。そして、ぶたぶたのシェアハウスができあがった時点で、入居申し込みをしたのだ。

ぶたぶたは、智世のことを憶えていてくれたので、紹介ではなかったのに会ってくれた。シェアハウスに初めて行った日のことを昨日のように思い出す。ぶたぶたはピカピカのキッチンの真ん中に立って、

「こんにちは」

と頭を下げた。小さな身体を二つ折りにして。幾多といろいろなところへ行ったり、たくさんの経験をしたけれど、こんな光景は一度も見たことがなかった。文字通り、想像もしなかったことだ。

会社で会った時はぶたぶたを異質に感じたけれど、ここは彼の家だ。そこへ智世がわざわざ訪ねたことに大きな意味がある、と感じていた。幾多のいる世界から逃れたいけれどどこへ行ったらいいのかわからなかった智世に、別の世界もあると教えてくれたのがぶたぶただったのだ。そこでは、ぬいぐるみが傷ついた人たちを笑顔にしてくれたり、おいしいものを食べさせてくれたりする。

「どうしてここに入りたいと思ったんですか？」

夢心地だった智世は、面接時のこの質問に、はたと冷静になる。

「ある男から逃げたいと思いまして」

セキュリティ云々より、女性専用で、住居部分には入居者以外入れない、というのに惹かれたのだ。どんなに気をつけていてもセキュリティに絶対はない。だから、それを信じてというより、「あなたを入れることはできない」とはっきり言えるようになりたかった。

「押しかけられるとどうしても入れてしまうんです」

考えてみれば、ぶたぶたに会ってここに来るまでに、智世は幾多と別れたけれど、どうしても切り捨てることができなかった。幾多がまた、金の無心でもしてくればもっと幻滅したのに、メジャーデビュー寸前でどこぞから資金を出してもらえていたせいか、そういうことは言わなかったのだ。「寂しい」という言葉は、智世の寂しさにつけ込むものだとわかっていながら、完全に拒否することができなかった。

「彼の面倒は、もう見たくない。もっと自分のために生きたいんです」

結局、その時は幾多の名前なども含めて細かい話はしなかったのだが、智世はなぜか入居することができた。

会社でも株でもあんなに稼いだのに、ほとんど文無しになっていたから、智世の荷物はわずかだった。防音マンションの家賃が大変で、かといって引っ越し資金もなく、実家に帰ろうかいっそ会社も辞めようかと思うくらい気落ちしていたので、本当に助かった。

夜中に幾多が押しかけることもなくなり、よく眠れるようになったし、ずっと肌身離さず持っていたプライベートの携帯も解約できた。最初のうちは食欲がなかったが、ぶたぶたのごはんがとてもおいしいと気づいてからは、とにかく何でも食べ、お弁当も毎日頼んだ。休日も階下のシェアキッチンでランチを食べる。会社とそのキッチン以外には部屋から出ず、ひたすら眠って過ごした。

そして次第に、部屋の中限定だが、いろいろなことができるようになってきた。映画のDVDを見たり、ゲームをしたり、本やマンガを読んだり。ベッドに寝そべり、スナック菓子を食べながら、お笑いの動画を見て大笑いをしていた時、突然気づく。

ああ……こんなこと、何年もできなかった。だいたい休日がほとんどなかった。二十代のほとんどは働きどおしだった。見たい映画、読みたい本、行きたいところ、食べたいもの——全部我慢した。

その恨みにも似た気持ちは、いまだ引きずっている。ライブに行けるほどの整理はついていない、と感じていた。

「まあ、確かにそれは生々しくて、舞彩ちゃんにそのままは言えないね」

「全部言ったら幾多に幻滅するかもしれない。でも、それは本意ではないです」

それであんな感じに、嘘は言ってはいないが、細部はぼかして話したのだ。舞彩が純粋な子でよかった。本当はライブにとても行きたかったんだろう。どうせ行くなら、事前に悪い印象を植えつけたくなかった。

「お金を返してもらいたいとか、そういうのはないんです」

仕事は変わらずやっているから。株はしばらくいいかなって気分だけど。

「でも、会ったらどんな気分になるのか怖くて」

正直に言えば、やはりライブには来たくなかった。後戻りをしてしまうかもしれない。それでも来たのは、幾多のライブが最高だって知っているからだった。

メジャーデビューしてからも、彼の評価はその点でずば抜けていた（どうしても気になってたまにネットニュースなど見てしまう）。年々歌唱力やパフォーマンス、迫力が上がっていたのは、智世もよく知っている。

その評価どおり、観客は熱狂していた。舞彩も大興奮で、一緒に歌って踊り、

「すごい！　すごいですね、智世さん！」

始まる前に買い込んだグッズの袋とともにぴょんぴょん飛び跳ねながら、彼女は叫ぶ。

そして、ライブ終了後、智世は舞彩とともに幾多の楽屋へ向かった。

「……来てくれたんだ」

幾多はとても驚いていた。それを見て、智世は笑ってしまう。初めて見る顔だった。

たったそれだけだったのに、智世は溜飲が下がる。ちょっと――アホ面だった。

「なんのためにチケット送ったの？」

「いや……連絡つかなくなったから……会いたくて」

あー、こういう人だったね。人たらしだったのだ。今も多分、智世みたいに世話してくれる女性はいると思う。

けど、それを考えてもあまり気にならなかった。

それは、やっぱりライブが最高だったからだ。初めて見た時を思い出した。そこには元カレとか自分のお金をみんな持っていってしまった人とか、そういう思い入れはなかった。

彼の歌を初めて聞いた時、「何もかも忘れられる」と思ったんだっけ。いやなことも、憂鬱なことも、不安も、何もかも。

智世のことを歌った曲も何曲かあるのだけれど、今までは「これでごまかされたなあ」みたいに感じて、ちゃんと聞くことができなかった。はっきり言えば、シェアハウスに入ってから、舞彩に出会うまで、彼の曲は全然聞いていなかった。

でも今日は、「あ、いい曲」と素直に思えた。涙を流している舞彩や他の観客を見て、そのインスピレーションを与えたことを自慢にさえ感じた。

チョロいな、と我ながら思うし、二十代を無駄に過ごしたという気持ちも完全には消えない。でも、今の自分のことを、幸いにも嫌いになっていない。それどころか、毎日おいしいものをぶたぶたに作ってもらえて食べられて、好きなことができて、健康にもなって——あれ、割と幸せじゃね？

人間、今が幸せだと、過去を忘れるのも少し容易になるのかもしれない、と智世は思った。昔も確かに幸せだったんだろうけど、今の方がずっといい。幸せは過去を上書きしてくれる。たとえそれがささやかな幸せであっても。

「この子、あなたのすごいファンなの。サインしてあげて」

と智世の後ろに隠れていた舞彩を押し出した。彼女は会場限定で売っていたCDをおずおずと差し出す。幾多はそれにサラサラとサインをした。あ、そのサインもわたしが考えたやつ――やっと上手に書けるようになったんだな。

「ライブ、すごくよかったです！　また見たいです！　がんばってください！」

「ありがとう」

にっこり笑って握手をする。ずいぶんと愛想もよくなったものだ。

緊張した舞彩はそれ以上何も話せず、智世も当たり障りのない言葉を交わして、楽屋をあとにした。幾多は何かモゴモゴ言っていたが、よく聞こえなかった。

帰り道、舞彩は興奮しきっていた。それを聞いているのが、智世には心地よかった。自分が何もしなくても幾多はここまでになったかもしれないが、つぶれていた可能性も大いにある。

いや、そんなことはもう考えたって仕方ない。自分が今、だいぶ元気になった、という方が大切だと感じた。

「智世さん、もしよかったら、また一緒に行ってもらえますか？」

はしゃいでいた舞彩が突然真顔になって、そんなことを訊く。ライブの前は、これで

もう行くことはないかも、と思っていたが、

「うん、また行こう」

と心から言えた。幾多自身とはもう会わないだろうけれど、歌声はやはり好きだった。

舞彩の姿は、彼のただの一ファンだった頃の智世と同じだ。時計が戻ったようだった。

こんなふうにライブから一人帰った夜もあった。あの夜も——幾多本人と出会う前でも、
智世は幸せだった。

あの頃行かなかった道を、わたしは今歩いている、と思った。

優しくされたい

飯尾まひるは、二年前に相次いで両親を亡くした。

二人ともまだ六十代だった。まひるは、両親が年をとってからの子供だったので、その時二十四歳。これから親孝行をしようと思っていた矢先だった。両親のきょうだいや親戚も、みな「若い」と言って悲しんでいた。

加えて、長年飼っていた猫のウニも半年前に亡くしてしまった。こちらは十八歳で、長生きをした方だが、ある日突然体調を崩し、病院で手当てもしたが、三日後に亡くなってしまった。わずかながら闘病をした両親と比べるとあまりにあっけなく、まひるの気持ちは追いつかない。

といっても、両親の死もまだ受け入れられないでいた。親戚たちは、遠方だったり家庭の問題を抱えている者も多いから、甘えることはできない。一人っ子なので、自分だけでがんばるしかないのだが、ウニがいたからなんとかやってこれたのに……。

天涯孤独ってこういうことなのかな——とつい思ってしまう。本当はそこまではないのだけれど、前向きにはなかなか考えられなくて……。

平日は仕事でクタクタで、家に帰ったらすぐに寝てしまうからまだいい。問題は休日だ。一人で家にいるのが耐えられなくて、毎週出かける。

友だちとも出かけるが、いつもつきあわせるわけにもいかない。そして、無駄遣いもできない。両親からとても堅い金銭感覚を教えられたし、それを守りたいとも思う。だから、休日はひたすら散歩をした。二十六歳の女子としては地味すぎる習慣だが、人前で楽しく振る舞い続けるのもまだ苦痛だったのだ。精神的に弱っている時は、散歩がいいってどこかに書いてあったし。

まひるの住んでいる街は、起伏のある地形をしている。坂が多く、住宅街は入り組んでおり、生まれた街なのに行ったことのないところがたくさんあると知った。住宅を改造したおしゃれなカフェなども増えていたりして、新鮮な驚きもあった。

そんな散歩の途中に、真新しい建物を発見する。白い外壁と一階の大きなガラス窓が印象的だ。看板というか大きな表札には「シェアハウス&キッチンＹ」とあった。一階は大きなキッチンスペースで、二階はシェアハウスになっているらしい。

ガラス窓の中には、人がたくさんいる。かなりにぎわっているみたい。なんだろう、とのぞくと、入り口へ導くように「手作り市」とのぼりが立てられていた。

ちょっと寄っていこうかな。

入り口の白いドアを開けて中に入ってみると、

「いらっしゃいませー」

と声がかかる。中は思ったよりも広く、お菓子やお惣菜、おにぎりやパン、ハンドメイドの雑貨（ざっか）やアクセサリーなどが展示してあった。大きなテーブルはカフェスペースらしい。買ったものを食べたり、お茶などが飲めるようになっている。

売り子さんとお客さんが楽しげに会話をしているのもいい。温かみのある場所だと思った。そういえば、自分のために何かを買ったこと、ここ二年くらいなかったな……。生活に必要な最低限のものを買うだけだった。おしゃれをしようとか、あれが欲しいこれが欲しいと思うことも忘れていた。

雑貨やアクセサリーでいいものがあったら、買おうかな。お腹（なか）も少しすいたから、何か買って、ちょっと食べよう。

そう思って、どこから見ようか、と見回した時、何か小さな動くものを見つけた。

桜色のぶたのぬいぐるみだ。小さい。バレーボールくらいしかない。黒ビーズの点目、突き出た鼻、大きな耳の右側はそっくり返っている。そんなごく普通のぬいぐるみが、当たり前のように自立して、店内をウロウロしている！

いや、全然当たり前じゃないから、何か仕掛けがあるんだろうけど。ラジコン？　足もちゃんと前後に動くなんて芸が細かい。あ、後ろ向いた。結んであるしっぽもちゃんと動く。濃いピンク色の布が張られた手？　ひづめで、顔を触って……あれは、掻いているの？　すごいリアル。プロだな、操っているのは。

多分、客寄せのイベントなんだろう。でもそれなら、外でやればいいのに。その方がお客さんが集まりそう。

そんなふうに思って見ていたら、ビーズの点目と目が合ってしまった。あら、かわいい。心なしか耳も反応したような――。

「あ、いらっしゃいませ、こんにちはー」

鼻がもくもくっと動いたと思ったら、渋いおじさんの声がした。

「どうぞ、お好きに見ていってくださいね」

「ささ、奥へ」みたいな感じで短い手？　を精一杯伸ばす。それがなんだかおかしくて、ちょっと笑ってしまう。

が、やはりおかしい。声はぬいぐるみから出ているようだった。あ、なるほど、マイクだな。多分、カメラで店内を映していて、リアルタイムでリアクションしているんだろう。接客ロボットって感じ？　監視カメラも兼ねているのかも。

いやー、最近のテクノロジーはすごい。

ぬいぐるみの案内でいろいろ見て回る。

「ここのビスケット、おいしいですよ」

と言うので試食をさせてもらう。レモンの香りのするパリッとした薄いビスケットだ。アーモンドの粉もかかっていて、香ばしい。あるとめっちゃ食べてしまいそう。ヤバいから、買わない方がいいかも、と思ったが、こういう誘惑には勝てない。

――なんて思ったのも久しぶりかも。ずっと食欲がなかったのだ。身体を壊すと大変だから、むりやり食べてはいたけれど。

「ありがとうございます」

結局ひと袋買ってしまった。売り子さんは母と同年代くらいの女性だった。

「今度焼き菓子のお店やるんですよー」

と言っていた。

「じゃあ買いに行きますね」

と言ったら、チラシをくれた。開店は来年か——楽しみだな。

ぬいぐるみは他の人の案内をしていた。おにぎり屋さんの前で、具（ぐ）の説明をしている。が、あれではテーブルの上のおにぎりは見えないだろう。小さすぎる。あ、でも、上からカメラで映してるんだろうから、あの点目が届かなくてもわかるよね。

「ぶたぶたさんの手作りなんですか？」

「そうですよ」

なんて会話も微笑（ほほえ）ましい。「ぶたぶた」という名前なんだ。そのままだけどかわいい。

「おすすめの具は？」

「茄子（なす）味噌ですかね」

茄子味噌！　あ、なんだかなつかしい……。母がよく作ってくれた。熱々のごはんによく載せて食べた。おにぎりにも入れてくれたっけ。

まひるはふらふらとおにぎり屋さんに近づく。茄子味噌のおにぎり食べたい。お腹も減った。

おにぎり屋さんには、いろいろなものがあった。梅干、鮭（さけ）、焼たらこ、昆布（こんぶ）などの定（てい）

番ものから、天ぷら、唐揚げ、チーズ明太子、牛しぐれなど幅広い。もう一つくらい買って、お昼にしようかな。

「茄子味噌と赤飯をください」

お弁当によくこの二つが入っていた。心ないクラスメートに「ババ臭い」と言われたものだが、まひるは大好きだった。赤飯は小豆が柔らかめだけど崩れてなくて、食べた時にちょうどよくつぶれる。自分で作っても、あんなふうにならないし、やっぱりおめでたい時のものというイメージがあるから、ここ数年全然食べていなかった。母の赤飯はみんな好きだったから、生前は普段の食事として作ってくれていたのだが。

「ありがとうございます」

その声に顔を上げると、ぬいぐるみが目の前にいた。いつのまに⁉

「お持ち帰りですか？」

なぜ目の高さに――と思ったら、ちゃんと台（椅子）が用意されていた。

「いえ、そこで食べようかと」

「では、飲み物とお味噌汁のセットもありますから、よかったらご利用ください」

ええ、それは……利用したい。

「本日のお味噌汁は玉ねぎとじゃがいもです。カフェスペースで注文してください」

本日ってことは、別の日も日替わりの味噌汁があるの？

お金を払うと、なんとレジ打ちまでぬいぐるみがする。え、これは……高性能すぎない？　いくら上から見ていて、ラジコンで動かしているにしても、レジの細かいボタンまで正しく押せるとはとても思えない。ぬいぐるみが自力で動いているのなら別だが。

……まさかね。まさか。

「どうぞ」

小さなトレイに載ったおにぎりをぬいぐるみが差し出す。これもちょっとおかしい。あのふわふわの手で持てるとは思えないが、持っている。とっさに受け取ってしまったが、確かに誰かから受け取ったという感触があった。

頭の中にはてなマークを充満させて、まひるはその場を離れ、カフェスペースへ行く。「席を確保してからご注文ください」と書いてあるので、窓際の席にトレイを置いた。まだお昼に早いからすいている。

迷わずお味噌汁セットを頼む。飲み物は――コーヒーかな。

お味噌汁を渡されて、食後の飲み物引換券ももらう。お味噌のいい香り。茄子味噌と味噌かぶりだが、そんなの気にしない。

どっちから食べようかな。赤飯のおにぎりは久しぶりだから、こっちにしよう。

ごま塩がふりかけてあるだけのシンプルなおにぎりだったが、噛むともち米の歯ごたえがちょうどいい。母のと似ているけど、やっぱり違う。これは小豆の違いなのかも。こっちの方が少しだけ固めで、ホクホクしているかな？　おいしい。

赤飯って、けっこう作るのはめんどくさい。母は慣れていたからすべて目分量だったし、まひるも見様見真似で作ったこともあった。母のような味にするためには、試行錯誤をするしかないのかな。でも、一人で食べるには多すぎる——。

お味噌汁は合わせ味噌だ。じゃがいもと玉ねぎだと甘めの味噌汁になるから、これくらいの塩気の方がおいしい。出汁もきいているから、実際はそんなに塩分はないんだろう。

——うーん、両親のための療養食とか作っていたから、ついそんなこと考えてしまうな。

茄子味噌は甘辛く、おにぎりの具としては最高だ。母の茄子味噌もとてもおいしかった。適当に切った茄子を味噌などの調味料で炒めただけのものだが、母はたっぷりの油を使い、茄子の形がなくなってトロトロになるまで炒めていた。「そうしないとおいしくないのよ」と言いながら。

このおにぎりの茄子味噌は、茄子の歯応えも残っているし、割とさっぱりしている。でもコクがあった。入れる油をギリギリに調整しているのだろう。味噌も違うだろうし。教えてもらいたいけど、それこそ企業秘密って感じかなあ。

お米も海苔もおいしい。あ、ここで売っているものもあるんだろうか。海苔、おいしいのは高いよね……。

もっと料理上手になりたいなあ。

と思っている自分に気づく。料理への興味をこの二年、失くしたも同然だったのに。

温かい雰囲気で食事をするだけで、こんなに気分が変わるものなのか。

食後のコーヒーを受け取って飲んでいる時、隣でサンドイッチを食べていた初老の女性に話しかけられた。

「おいしそうにおにぎり食べてましたね」

そう言われたこともうれしかった。食事に楽しみを見出しているということだもの。

「ぶたぶたさんのおにぎりは、おいしいですもんね」

そう言われて「ん？」と首を傾げる。

「ぶたぶたさんって、もしかしてあのぬいぐるみですか？」

「そうですよ」

えっ、まさか本当にぬいぐるみが握(にぎ)ったもの!?　と一瞬思ったが、あ、店の名前か！　と思い当たる。「ぶたぶた」というおにぎり屋さんの出店(でみせ)？　マスコットキャラなのかな？

「おいしかったです〜」

と答えておく。名前からして豚肉(ぶたにく)のおかずがおいしそうな店だ。お惣菜もあったかな？

「コーヒーもおいしいですね」

「そうですよねえ。わたしここが大好きで、いつも通ってるの」

「カフェなんですか？」

「ここはね、シェアキッチンなんですよ」

あ、そういえば表札に「シェアハウス&キッチン」って書いてあったけど、キッチンもシェアできるんだ。

「会員になるとここで料理してみんなに振る舞ったり、カフェを利用できたり、こんなふうにイベントの時にブース出せたり」

「そうなんですか」

「料理教室とか手芸のワークショップとかいろいろ開かれてるのにも参加できたりね。わたしの目当ては『昼食会』。みんなでお昼を作って食べるの。食べたいもの作ってくれる時もあるから、実家に帰ってきたような気分なのよ。もうわたし、実家ないんだけどねー」

最後はなんだか悲しそうだった。その気持ちはまひるにはよくわかった。今の家は一人で暮らすには広すぎるし、自分の家だけど父も母もいないから、とても寂しい。結婚の予定もないし、無理に相手を探す気もないから、しばらくこのままかと思うと、たまに無性に泣きたくなる時がある。

「近所に住んでるんですか？」

「いえ、ちょっと散歩で遠出して、たまたま通りかかっただけなんです」

ここから家までは三十分ちょっとくらいかな。散歩としてはちょうどいい。

「お散歩にはいい季節になりましたね」

「そうですねー」

みたいな話をしているうちに、彼女は席を立つ。

「じゃあ、ごゆっくり」

「はい、ありがとうございます」

彼女はきょろきょろ何かを探していた。

「ぶたぶたさん、じゃあ、また！」

「あ、池島さん、いつもどうもー」

ぶたのぬいぐるみが短い手をしゅたっと上げて挨拶らしきものをする。行き届いている。中の人はどこにいるんだろうか。あんなによく動いていて接客するなら、外で宣伝(せんでん)しなくてもいいのかもしれない。

まひるもコーヒーが飲み終わった。よし、今度は何かハンドメイドのグッズを見よう。立ち上がって急いで片づける。

かわいい雑貨がいっぱいあった。猫のグッズもある。あ、かわいい。黒猫が描かれた小さなトートバッグはお弁当を入れるのにちょうどいい。買おうかな……。

これもこの半年避けていたことかも、と気づいた。猫に関することを見ないようにしていたんだろう。ウニを思い出してしまうから。でも今は、何を見てもニコニコしていられる。やっぱり猫はかわいい……。

まひるはトートバッグを買い、隣のブースで小さなピアスを買った。このピアスに合う洋服を、今度買おうかな。

少しだけウキウキしていた。家に帰ったら紅茶をいれてビスケットを食べよう、とか、ピアスをさっそくつけてみよう、とか、明日会社にトートバッグを持っていこう、とか、いろいろ考えられることに。

突然のことなのか、それともゆっくり快復してきて、今日やっとトンネルを抜けたのか、それはわからない。おいしいものをおいしいと感じられることは充分きっかけになるだろうが、昨日まではなんとなくどんよりしていたのに。普通に散歩していただけだったのに。

やっぱりここが思いの外楽しかったからかもしれない。少し野菜も買ってしまった。今晩はこれを使って何作ろうか。

店の外に出ると、あのぬいぐるみがいた。ちょっとびっくりした。宣伝のためなら外にいた方が、とさっき思ったが、店の中だからこそああいう操縦ができる、と結論づけたばかりだったから、外にいるとは思わなかった。

しかも、ぬいぐるみの脇には猫がいる。今どき珍しいはっきりとした三毛柄だった。大きさは、猫の方が大きい。おもちゃと間違われて遊ばれないだろうか。

何をしているのかとのぞくと、ぬいぐるみは猫の背中を撫でており、猫も気持ちよさそうに目を細めている。

「あ、どうもありがとうございました。またいらしてくださいね」

もくもく動く鼻先から、またまた中年男性の声がする。どう聞いてもしゃべっているとしか思えない。店先だから、どこかにカメラがあるんだろうか、とさりげなく見回すが、よくわからない。監視カメラくらいあっても全然おかしくないけど。

猫がニャーと鳴く。かわいい。首輪をしていないけど、けっこう太ましい。

「あの……野良猫ですか？」

「地域猫の子です。ここら辺のボス猫なんですよ」

なるほど。

「猫、好きなんですか？」

と、たずねられる。まひるは買ったばかりのトートバッグが入った透明なビニール袋を提げていた。

「はい」

「この子、撫でられますよ」

そう言われて、「触りたい」と思ったが、なぜかためらってしまう。なんというか……ウニを裏切ってしまうような気がして。そんなことはないのに。

「……いいです」

「そうですか?」

三毛猫は、触られていないのに、ゴロゴロとこちらに聞こえるくらい大きく喉を鳴らしている。いい子だな、と思う。触られることを期待しているのだ。

「じゃあ……」

「はい。またよろしくお願いします」

ぬいぐるみはそう言って、頭をペコリと下げた。というより、身体を二つに折りたたんだ。それにつられて、まひるも頭を下げる。

なんだか狐(きつね)につままれたような気分だった。あのぬいぐるみは、店内だけのものかと思っていたのに――ならなんとか納得できたのに。

え、幻？　夢？　と思って振り返ると、まだぬいぐるみと猫がこっちを向いていた。手を振り返してくれる。やはりとっさに振り返してしまう。

なんだろう——ついつられてしまう何かがある。それにしてもここまで離れても、どこかで誰かがこの光景を見ているということなのだろうか。怖い？　いや……さすがにもう、それは違うだろ、などと思ったり。

結局それから一週間、あのぬいぐるみのことが頭から離れず、週末にまた行ってしまった。

まひるがおずおず店の中に入ると、さっそくぬいぐるみが近寄ってくる。

「こんにちは。あっ、先週いらした方ですね？」

よく憶えているな。

店にはこの間ほどではないが、人が集まっていた。老若男女、みんなおそろいのエプロンを着ている。

「今日は料理教室なんですが、お時間あるなら参加しませんか？」

「えっ、予約とかしてないですけど……」

「大丈夫ですよ」

気軽(きがる)な教室なんだ……。

参加費も手頃だった。そのかわり、初めての人はエプロンを買わないといけないらしい。

「これ持ってくれれば、次からは参加費っていうか、材料費だけでいいですから」

色が選べるのがうれしい。けっこうおしゃれじゃん。

……ってなんか普通に参加することになっちゃってるけど、ここに来ると雰囲気に完全に飲まれてしまう。ぬいぐるみがなんなのか、というのを探りに来ただけなのに！

ぬいぐるみは参加者たちから「ぶたぶたさん」と呼ばれ、大変人気があるようだった。店の名前ではなく、あのぬいぐるみの名前らしい。マスコットキャラクターというか、人気者であることは確かのようだが、まひるにはまだ、彼（声が中年男性なので）がどういう立場にいるのか見当もつかなかった。

「こんにちは。山崎ぶたぶたです。月イチ餃子(ぎょうざ)の会にようこそ」

名字あるんだ！　え、餃子の会？

「餃子をみんなで包んで、食べましょう」

わーっと拍手が起こると同時に、みんながいっせいに支度を始める。な、慣れてる。

「月イチ餃子の会」って言ってたよね？　毎月やってるの？

「どうぞ、こちらに座ったら？」

と声をかけてくれたのは、先週隣に座った女性だった。確か「池島」と呼ばれていた。

「今週も来たんですね。一度来ると、なんとなく来ちゃうでしょ？」

ふふふ、と笑った。

「そうですね……」

そのとおりかも。

「今日は初心者のための餃子の会です。基本の餡は用意してありますから、包むだけです。あとで焼き方を指導します。

中に入れるエビやチーズ、大葉などはここに用意してあります。他に何か入れたい人は言ってください」

まひるは大葉を入れるのが好きだ。さっぱりするし、香りもいい。エビが入っているのもよく食べるけど、チーズっておいしそう。

「餃子を焼く頃になると、近所の子供が来るのよ」

「コーンとか入れると子供は喜びそうですね」

「あっ、それはいいですね」

と言われて振り向くと、ぶたぶたが立っていた。みんなとおそろいのエプロンだが小さい！　同色の三角巾もつけていた。かわいい。でもやっぱり、ただのぬいぐるみだ……。ロボット、では、ない？

「餃子は包めますか？」

「はい、大丈夫ですよ」

餃子を包むのは、父とまひるの担当だった。母の餃子ももう食べられないんだな……。

「何か包みたいものはありますか？」

「この餡ってニンニクは入ってるんですか？」

「入ってないです」

そうか……。

「うちのも入ってなかったんですが、たまーにニンニクを丸のまま入れたんです。けっこうホクホクになっておいしいんですけど、ちょっと匂いが……」

「おおっ、それはおいしそうですね！」

なんだかビーズの点目が見開いた気がした。キラキラしているようにも見える。

「ちゃんと蒸さないといけないんですけど」

「まかせてください。焼くのは得意ですから」

ぬいぐるみなのに、焼くのが得意って……燃えない？

みんなでおしゃべりしながら楽しく包んだ餃子を、ぶたぶたは円を描くようにフライパンに並べ始めた。台に乗っているので、普通に料理教室の先生みたいだ。

「火は並べてから点けて大丈夫です。火点いてると熱くて大変ですからね」

ぬいぐるみでも安心だしね！

「並べたら火を点けて、少し色がつくまで焼いたら、熱湯を入れて蓋を閉めて、蒸し焼きにします。くっつかないように揺すりながら」

まひるは焼くのがちょっと苦手だった。焼くのは母の役目だったから。

「盛る時は、皿を中に入れて――」

ぶたぶたはそう言うと、フライパンにちょうどぴったりな皿を落とし込む。

「シンクの上などで逆さにします」

えっ、どうやって!?　いや、どうやるかはわかっているが、ぬいぐるみなのに!?

しかしぶたぶたは、鍋つかみみたいな手でフライパンをしっかり持って、シンクに移動し（どうも手前に彼の移動用の狭い台が取りつけてあるらしい）、勢いをつけて逆さにする。ああっ、落っこちる！　と思ったけれども、大丈夫だった。何これ。どういう腕の仕組みをしているの？

フライパンをどけると、円を描いたきつね色の餃子がきれいに盛られた皿が！

みんなで思わず「おおーっ」と拍手をしてしまう。

「焼いてみたい人はいますか？」

「はいはい！」

と大学生くらいの男子が手を挙げる。

「簡単そう」

と言いながら焼いてみたが、すぐフライパンにくっついてしまうし、ひっくり返す時は、

「あちっ、あちいっ！」

と大騒ぎだ。少し焦げてしまっていた。

「慣れれば上手に焼けますよ」

慣れるまで、このぬいぐるみはいくつ餃子を焼いたのかなあ。

焼いた餃子をみんなで食べる。タレもいろいろ試せてうれしい。まひるはオーソドックスな醤油と酢、そしてラー油が好きだが、ポン酢と柚子胡椒もおいしい。餃子自体の味つけを濃くしたり焼く時入れる熱湯にコンソメを溶いたりして、酢とこしょう、あるいは七味唐辛子などでもあっさり食べられる。大根おろしもいい。

そして誘惑に勝てず、丸ニンニク入りの餃子も食べてしまった。今日は土曜日だから、月曜日の会社までには匂わなくなるはず。と思いたい。

「ほんとだ、ホクホクしてますね！」

ぶたぶたがニンニク餃子を食べてそんなことを言う。口がどこにあるかわからないのに餃子が消えて、ほっぺたのあたりがモゴモゴしている。不思議すぎる。

「とってもおいしいです。定番にしますよ」

そう言われて、まひるはとてもうれしかった。

みんな楽しそうに餃子を食べている。池島が言ったとおり、子供もたくさん来ていた。さっきの大学生はもうコツをつかんだようで、どんどん焼いている。それを猛烈な勢いで子供が食べる——ちょっと引くくらい。

ほとんど知らない人ばかりだったが、なんだか心地よかった。まひるにとって新鮮な感覚で、帰らなければならないのが少し惜しいくらいだった。

外へ出ると、また猫がいた。塀の上でひなたぼっこをしている。やんちゃそうな虎猫だった。

「近所に保護猫活動をしている方がいて、ここはよく猫が通るんですよ」

とぶたぶたが教えてくれた。

そういえば、この間は猫を見てもあまり悲しくならなかったな。今日は触ってもいいかも、と思った。でも虎猫はすぐに逃げてしまった。

ここに来ると、おいしいものが食べられるし、猫も見られる。また来週も来てしまいそうだ。

それからまひるは、シェアハウス&キッチンYに毎週通うようになった。

もちろん会員にもなった。週ごとのイベントにも手伝いで参加するようになる。

最近は自転車で通っているが、それはここで知り合った新しい友人たちにすすめられて買ったものだ。

週末が楽しみでたまらない。持ち寄りのランチパーティーなどがある時には、何を作ろうかとワクワクする。

ただその分、一人の時間がより寂しくなってしまった。仕事は変わらず忙しいので昼は気が紛(まぎ)れるけれど、家に帰って誰ともしゃべらないでいるとやはり泣いてしまったりする。

そんな時は、ぶたぶたからもらったパンフレットを読む。会員になった時にもらったものだが、シェアハウスの案内もついている。

まひるはシェアハウスに入りたいと少しだけ思っていた。トイレや風呂は共同で、食事は一階のシェアキッチンでとる。ワンルームの自室のみがプライベート空間だ。もちろん家賃もかかる。

三ヶ月ほど通って、シェアハウスの住民や近隣(きんりん)の会員たちとも仲良くなった。みんなと一緒に食べるごはんもおいしい。あそこにいると楽しいことばかりで、ずっと笑顔だ。

もちろん今の家を出るなんてことになったら、残してくれた両親は悲しむだろう。でも、父に先立たれた母は、

「この家に執着(しゅうちゃく)する必要はないのよ。元々中古の住宅だし、価値があるわけでもない。

まひるは若いんだから、身軽になってしまってもいいの。まひるが幸せなら、どこに住んでてもいいんだよ」

と言ってくれた。

この家で一人泣きながら暮らすのと、シェアハウスで笑顔で暮らすのと、どちらがいいのか……？

結論はまだ出ていなかった。この家をどうにかするとなれば、まだ手をつけていない両親の遺品も整理しなければならない。それもつらくて先延ばしにしているのに……。

ぶたぶたには、ちょっとだけ話をしたことがある。本当に入ると言ったわけではなく、「ただ入りたいって理由だけで入居できるんですか？」と訊いたのだ。すると、

「シェアハウスには基本誰でも入ることはできますが、一応ここはＤＶや虐待などで苦しむ女性のためのシェルターでもあるので、同時期に入居が重なった場合は、そちらの人を優先することがあります」

と説明された。

自分がここに入居すれば、そういう人が入れなくなる。そう思うと、ますます決心がつかない。それにここに住んでしまうと、いつまでも自分は出ていかないのではないか、

とも想像してしまう。

そう。ただの想像なのだ。まひるは今の家に住み続けるだろう。だが、シェアハウスに住んでいる自分のことも考える。そっちの方がずっと魅力的な生活が送れそう、という気持ちが止められない。

贅沢な悩みだ。だから、誰にも言っていないし、具体的なことも考えていない。家のことだって売るか賃貸くらいしか浮かばないが、どちらも現実味がない。

しかも、肝心のシェアハウスに空きはない。

だからこれは、ある意味楽しい想像だった。寂しさを紛らす妄想なのだ。


ところが、ある日曜日。いつものようにキッチンにお邪魔していると、

「飯尾さん、この間、シェアハウスのこと訊いてきたでしょ？」

そんなふうにぶたぶたは話しかけてきた。

「はい」

「誰か入りたいって言ってる人とかいるんですか？」

ドキッとしたが、

「いいえ、そういうわけじゃないんですが」

「そうなんですか。実は、上に空きが出るんですよね。もし入りたい人がいれば、どうかなと思って」

「え、聞いた話じゃなかなか空きは出ないし、出た段階で次の人がもう決まっているっていう――」

ぶたぶたに直接聞いたことではなかったが。

「あー、まあ、今まではそうだったけど、それはここがまだ始めて間もないからですよ」

ほんとだったんだ……。

「空くのを待っている人がいるのかもしれないって思ってたんですが」

「そういう時もありましたけど、今回はそうじゃないので、普通に募集しますよ。まずは会員の方からのご紹介で。それで見つからなかったことはなかったので、もしダメだったらその時考えます」

つまり、心当たりがありそうな人に声をかけているということだ。

まひるは平静を装っていたが、内心はパニックに近かった。空きが出る！　でも、きっとすぐに埋まってしまうだろう。グズグズしていると他の人が入ってしまう。

だが、まひるはまだ何もしていない。家の整理も、家を今後どうするかも考えていない。

その日はどうやって帰ったか憶えていないほどだった。ずっと迷い続けている。今まではは空きがなかったから、単なる妄想でしかなかったが、自分がシェアハウスに住むのなら、そういうことが具体化してしまう。

住むのなら、だが。

現実味を帯びてくると、尻込みする気持ちも出てくる。母はこの家に執着する必要はないと言ったけれど、やっぱり両親との思い出がたくさんある家だ。出ていったり、他の人が住んだりすると、それが消えてしまう気がする。そんなことはないってわかっているのに、ついそう考えてしまう。

しかし、迷っているヒマはないのだ。

どうしよう。迷いすぎて、何からどうしたらいいのか、さっぱりわからない。

とりあえず、このままシェアハウスに入ってしまうのはどうだろう。入ってからこの家をどうするかゆっくり考えるというのは。

あまりにも罰当たりに思えて、罪悪感すら浮かぶ。両親にも、そしてぶたぶたにも甘えている気がする。

まひるは両親の仏壇に話しかけた。

「お父さん、お母さん。やっぱり、この家に一人でいるのは寂しいよ」

暗い家に帰って、自分一人だけのごはんを作って一人で食べるのに耐えられない。

傍らには、ウニの写真も飾ってある。写真立てを抱きしめて、

「ウニがいてくれたら……」

と泣いた。まひるが泣くと、ウニはいつも慰めに来てくれた。膝にむりやり入り込み、いつまでも顔をのぞき込んでいた。

両親もウニもいない一人の家で、まひるは久しぶりに思いきり泣いた。

相談をするなら早い方がいいだろう、と思い、月曜日は半休をとった。

雨の朝だった。シェアハウスの朝食が終わって会員や一般客が入れる九時頃、キッチンへ着くようにまひるは出かけた。

電話でもいいのだけれど、大切なことだから、直接ぶたぶたに言いたい。それに、ま

だ決心したわけではないのだ。どちらかといえば、話を聞いてもらいたいという気持ちが強い。誰にも言ったことのないこの気持ちを聞いてもらって、ぶたぶたがどう思うのか、どんなアドバイスをしてくれるのか――やっぱりあたし、ぶたぶたさんに甘えているなあ。

雨の中を三十分歩くのはちょっとつらい。でも、自転車用の雨合羽はない。他の方法で行ったら遠回りだし。大した雨ではないし、おしゃれな長靴も履いてきたし、雨に強いコートも着ている。

最近乾燥しているから、湿っていると喉や肌が楽だ。歩いている間にいろいろ考え事もできる。ぶたぶたにどう話そう、と考えても、全然まとまらないのだけれど。

「――あれ？」

何か聞こえる。

まひるは立ち止まって耳をすます。雨の音はしているが、人通りがなくて静かだった。小さな児童公園から聞こえてくる。ここはいつ通っても誰も遊んでいなくて、ちょっと怖い。

公園に入ると、それはよりよく聞こえた。か細い鳴き声――猫の声だ。

声を頼りに探すと、植え込みの下に小さな段ボール箱が突っ込まれているのを発見する。濡れているその箱を引っ張り出すと、中には汚いタオルと子猫が一匹入っていた。その子が小さい声で、でも必死で鳴いていたのだ。

まひるは迷いもなくその段ボール箱を抱えて、ウニをいつも連れていっていた動物病院へ向かった。

子猫は冷え切っていて風邪をひいていたが、命に別状はなく、他の病気も怪我もなかった。多分捨てられて何日かたっていたのだろう。他にも子猫がいたのかもしれないが、それはわからない。

まひるはその白サバの子猫を家に連れて帰って、温めて、ごはんをあげた。子猫用はなかったけれど、ウニ用のがまだ残っていた。「もう離乳していると思う」という獣医の言葉を信じて、ウエットフードを出すと、バクバクとすごい勢いで食べた。

それを見て、まひるはまた泣いてしまった。ウニみたいな食べ方をする。まるで戻ってきたみたいだった。全然違う柄の子なのに。

ウニはまひるがまだ子供の頃に家へ来たので（知り合いが拾ったので引き取った）、その時の面倒は両親がやったのだ。落ち着いてから、両親に教えられてウニの世話を始めたので、こんな子猫を一人で面倒見るのは初めてだった。

　納戸（なんど）からウニのケージを出して組み立て、簡易（かんい）トイレと水、湯たんぽを入れた猫ベッドと子猫を入れて、買い物へ行った。子猫用のフードと、トイレの砂が足りない。大きな猫トイレも出して、おもちゃもしまい込んでいるのを出さなきゃ。

　結局、まひるはその日会社を休んだ。一日、子猫に振り回されて終わる。だが、拾った段階でまひるはその子猫を飼うことを決めていた。

　夜、やっとベッドに入った時、まひるは気づく。

『この家に住んでいたから、猫が飼えるんだ』

　シェアハウスに住めば寂しくないかもしれないが、猫は飼えない。ウニが死んでから、こんなに悲しいのなら、もう猫なんて飼わないと思っていた。両親の死とは違う悲しみだった。いや、最後の家族を失ったことでまひるはより打ちひしがれてしまったのだ。このままずっと一人でいることばかり考えていた。

　だから、あのシェアハウスに入りたかった。温かな輪に混ざりたかった。ぶたぶたに優しくしてもらいたかった。

　でも、小さな毛玉のような子猫を抱えた時、自分は優しくしてもらいたかったのではなく、誰かに優しくしたかった、とわかったのだ。両親やウニの面倒を見て、そして、彼らもまひるの面倒を見て、優しい気持ちになる。そんな空間が、まひるには必要だった。

それは、子猫たった一匹でも、充分だったのだ。

次の週末にキッチンへ行くと、もう次の入居者は決まっていた。火曜日には仮契約(かりけいやく)をしてしまったらしい。

月曜日に子猫に出会わなければ、まひるが入っていたかもしれないが、もうここに住むことは考えられなかった。

「猫飼ったんですよ、あたし」

ぶたぶたに言うと、

「わー、それはいいですね！　もらったんですか？」

「いいえ、拾ったんです」

「さすが、NNN――」

「え？」

「あ、いえ、なんでもありません」

ぶたぶたは笑ってごまかしたが、NNNって聞いたことある。ねこねこネットワークってやつだ。猫飼いにふさわしい人を見つけると、猫を派遣(はけん)するという謎の組織。ネットでよく見かける都市伝説だ。

ぶたぶたは、あの三毛のボス猫と仲が良かったけれど、まさかまひるのことを話したのだろうか？

ぬいぐるみであんなにいろいろなことができるんだから、猫と話せても不思議じゃない。依頼したのだろうか。猫好きなあたしのところへ子猫を届けるようにと。

訊きたかったけれど、やめることにした。それを聞いたら、自分の妄想のことも話さないといけないような気がしたから。

誰にも言わないでよかった。このままずっと、心の中にしまっておこう。

るーちゃん

あたしは、今年の春から小学校に通ってる。

一番の友だちは、りーちゃん。本当の名前は辻本莉羽ちゃん。あたしと同じ家に住んでいる。

といってもりーちゃんが住んでいるのはシェアハウスの方。シェアハウスは、あたしのお父さんが大家さんをしている。二階に六部屋あって、その中の一つにりーちゃんとそのママの波恵さんが住んでいる。春休みの間に引っ越してきた。

りーちゃんとはすぐ仲良しになった。お話が面白くて、かわいくて、ママの波恵さんも優しい。勉強もできるし、なんだか大人っぽいんだ。

波恵さんは、このシェアハウスに来るまでの間、とても苦労したらしい。

二人がやってきたのはとても寒い雨の日で、あたしはお父さんから、

「今日はシェアハウスに小さい女の子とそのママが来るよ。同い年だから、仲良くしてね」

と言われていたので、とても楽しみにしていた。約束の時間になって現れた二人だったが、ママ——波恵さんは、お父さんを見た瞬間にへなへなと座り込んで、泣き出してしまった。

あー、よくある、とあたしは思う。なぜならうちのお父さんは、桜色のぶたのぬいぐるみだからだ。

お父さんはあたしよりも小さい。バレーボールくらいの大きさだ。黒ビーズの点目、突き出た鼻。大きな耳の右側はそっくり返っていて、両手両足の先っちょには濃いピンクの布が張られている。そして、声がとてもすてきなんだ。お父さん！っていう感じの優しい声。

そんなお父さんを見ると、たいていの人はものすごくびっくりする。波恵さんみたいに泣き出す人もいるし、逃げてしまう人もいるし、倒れてしまう人もいる。どれもそれほど珍しくない。

でもそのあと、たいていの人とお父さんは仲良くなる。それがすごい。

波恵さんが泣き始めたら、莉羽ちゃんも一緒になって泣いてしまった。

「ああ、びっくりしちゃいましたね、ごめんなさい」

お父さんはそう言って、波恵さんの隣に座り込み、莉羽ちゃんの肩をポンポンと叩いた。莉羽ちゃんは目を丸くしてお父さんを見つめる。びっくりしたせいで泣くのを忘れたみたい。

「さあ、どうぞ。もう安心ですよ、辻本さん。こちらに座って少し休みましょう。今夜はぐっすり眠れますよ」

そう話しかけると、波恵さんは立ち上がり、お父さんが案内したキッチンのソファに莉羽ちゃんと座った。

お母さんがお茶とココアを、お姉ちゃん（六年生。今度中学生になる）がお菓子を運んでくる。はっ。お手伝いしなかった。ごめんなさい。

「こっちでちょっと待ってて」

お姉ちゃんに言われて、椅子に座ると、同じようにココアとビスケットが用意されていた。ビスケットはカリカリで、レモンの味と香りがした。

ココアもビスケットもおいしくて、つい夢中になっている間に、波恵さんも莉羽ちゃんも笑顔になっていた。

「ありがとうございます」

波恵さんはそう言って頭を下げる。

「いえいえ、我々もできるだけ協力しますので、安心して暮らしてください」

「ありがとうございます……」

波恵さんは、また泣き出した。

「ごめんね。またママを泣かしちゃって」

と莉羽ちゃんに言うと、波恵さんはあわてて、

「違うんだよ、莉羽。ママは悲しくて泣いてるんじゃないの」

「じゃあなんで？」

「……安心して、かな？」

「安心？」

「もう怖くないってことだよ」

二人は「怖いところ」から来たのかな、と思う。ここに遊びに来る人が「『ワケアリ』の人が多いよね」と言うけれど、初めてなんとなく意味がわかった気がした。

「莉羽ちゃんはもうすぐ小学生でしょ？」

「うん」

「うちの下の娘も同じなんだ。友だちになれると思うよ」

お父さんが振り返って「こっちにおいで」と言ったから、椅子から飛び降りた。お母さんとお姉ちゃんも来る。

「家族です。一階奥の居住スペースに住んでますので、何かあったらすぐ呼んでください」

お父さんはみんなを紹介してから、

「あっちで遊んでれば？」

と言ってくれたので、莉羽ちゃんを隅っこのお気に入りの場所に案内してあげた。お姉ちゃんはテーブル席で本を読み始める。

「りわちゃんってきれいな名前だね！」

初めて聞いた時、飛び跳ねそうになったくらい、すてきな名前だ。

「そうかなー」

「あたしもらりるれろがついてる名前がよかったよー」

とあたしが何度も言っていたら、りーちゃんが、

「じゃあ、莉羽がらりるれろの名前で呼んであげるよ」

らりるれろの中でどれが一番好きかって訊かれて、あたしは「る」と答えた。

と言ってくれた。それがうれしくて、二人でどんな名前にするか決めることにした。

「なんで？」

「一回で書けるから！」

「『ろ』もそうだよ」

「『ろ』もいいね。でも『る』には丸があるから、かわいいじゃん」

「そうだね、かわいいね」

ということで「る」に決まり、「るる」とか「るりか」とかいろいろ名前を出したんだけど、結局「るーちゃん」に決まった。「るー」ではなく「るーちゃん」。「ちゃん」をつけるともっとかわいいよね。

話し合いの終わったお父さんたちが、「るーちゃん」「りーちゃん」と呼び合うあたしたちを見て、

「もうそんなに仲良くなったの⁉」

とびっくりしていた。莉羽ちゃんはあまり「りーちゃん」とは呼ばれないそうだ。波恵さんは「莉羽」と呼ぶんだって。

莉羽ちゃん——りーちゃんとあたしは、そんなふうに仲良くなった。

学校が始まってからは登下校も一緒だ。同じクラスにもなれた。

帰ってくると一階にあるシェアキッチンで過ごす。二人で宿題をしたり、塾の先生をしているお姉さんに勉強を教えてもらったり、ここに遊びに来る他の学校の子たちとかとゲームしたり、家の前を通る地域猫を撫でたりと楽しい毎日を送っていたのだが、最近ちょっといやなことが起こった。

昨日のことだけど、学校帰りに知らないおじさんから声をかけられたのだ。

最初は、なんか叫び声みたいなものが聞こえて、振り向いたら知らないおじさんがいた。そしてあたしに、

「パパだよ」

と言ったのだ。

何？　と思った。こんな人、見たこともない。

「久しぶりだね。一緒に帰ろう」

そう言って近寄ってくる。

どうしよう、と思ったら動けなくなった。するとりーちゃんが、

「るーちゃん、行こう!」

と手を引っ張ってくれた。それで二人で走って逃げた。うちに着くまで、ずっと走り続けた。

一階のキッチンには何人か近所の人たちもいて、駆け込んできたあたしたちをびっくりした顔で見た。

「知らないおじさんに声かけられた!」

とあたしが言うと、みんな「ええっ⁉」と叫んで、あわててお父さんを呼んでくれた。

お父さんの姿を見て、あたしは泣き出してしまう。

「お父さん、お父さんはお父さんだけだよね⁉」

怖かったのもあるけど、それが一番のショックだった。あたしのお父さんは、ぬいぐるみのお父さんだけだ!

あたしは泣いていてうまく話せなかったから、りーちゃんがかわりにお父さんの質問に答えてくれた。

「髪(かみ)は短くて——ジャージみたいなの着てて——おじさんだった。お兄さんじゃなかっ

た」

　近所の人たちは、

「学校に知らせよう」

「不審者情報を流さなくちゃ」

　とか言ってる。

　お母さんがやってきて、抱(だ)っこしてくれた。

「奥で休もうか」

　そう言われてうなずく。

「莉羽ちゃん、どうもありがとね」

　お父さんとお母さんがお礼を言う。りーちゃんは「ううん」と首を振る。

「確認するから――」

　とお母さんはお父さんに言い、あたしは奥に連れていかれた。

　しばらく涙が止まらなくて、ベッドでお母さんと横になっていたら、いつの間にか眠ってしまっていた。

「今日はごはん、ここで食べる？」

って訊かれたけど、キッチンで食べたいって言った。りーちゃんにちゃんとお礼言ってないし。

ごはんはミートボールスパゲティで、あたしもりーちゃんも大好きだ。お父さんのミートボールとトマトソースは本当においしい。

りーちゃんは波恵さんと一緒だった。波恵さんは最近遅く帰ってくることが多かったみたいだけど（そういう時、りーちゃんはうちで過ごす）、今日はやっぱり、昼間のことがあったから早く帰ってきたのかな。

「りーちゃん、昼間ありがとう」

「ううん、何もしてないよ」

「でも、引っ張ってくれたから……」

あたしの足は動かなかった。あのままでいたら、何されていたかわからない。

「莉羽ちゃんも怖かったのに、偉かったね」

お父さんがりーちゃんに言う。

「大丈夫です」

こういうところがりーちゃん、なんだか大人っぽいんだ。

「ありがとうございます」

と波恵さんにもお礼を言う。

「あたしにお礼はいいのよ。転んだりしなくてよかったね」

波恵さんの言葉に、本当にそうだと思う。あたし、けっこう転びやすいから……。

ごはんのあと、

「今夜は早く寝なさい」

とお父さんに言われて、そのとおり早めにふとんに入った。すぐに眠ってしまったけど、夜中に目が覚めてしまう。

トイレに行こう、と廊下に出ると、居間の灯(あか)りはまだついていた。

「……連絡……なかなか出ない……」

「そう……心当たりは……」

「多分……でも……」

「波恵さん……莉羽ちゃんが……」

「心配……ちょっと……」

そんなことをお父さんとお母さんが話し合っている。

もっとよく聞こうと思ったんだけど、お姉ちゃんが部屋から出てくる音がしたから、あわててトイレに入った。出てきた時には、居間の灯りは消えていて、あれ、夢だったのかな、と思った。

ふとんに入り直し、やっぱりお父さんとお母さんは昼間のことを話してたんだろうな、と考える。

あたしは本当は知ってる。今のお父さんが本当のお父さんじゃないってことを。お姉ちゃんから聞いたことある。細かいこと知らないけど、人間のお父さんはいるらしい。でもそっちのお父さんの顔は知らない。寝る前にお姉ちゃんに訊いてみたけど、

「よく憶えてない」

って言われた。昼間の人の顔を説明しても、ピンとこないみたい。

「似顔絵描いてみよう」

お姉ちゃんはあたしの言うとおりに似顔絵を描いた。お姉ちゃんは絵がうまいんだ。できあがった絵は、ちゃんと似てた。すごいな、お姉ちゃん。

でも、

「……誰？」

やっぱりわからなかった。

「こういう顔の人っていっぱいいそうだよね」

そう言われてそれもそうだと思う。ジャージ着てる人もいっぱいいるし、着替えたり髪型ちょっと変えたら、もう気づかないかもしれない。

それに、あたしも自信ない。いろいろな人が混じっているのかも。

目を閉じるとそう思ったとおり、たくさんの人の顔が浮かんで、声をかけてきた男の人の顔がわからなくなってしまった。りーちゃんの憶えている顔も描いてもらえばよかったかな……？

次の朝、

「これから二人を、みんなで送り迎えするからね」

とお父さんが言った。親たちや近所の人が交代で送り迎えしてくれるらしい。

今日は波恵さんが送ってくれた。りーちゃんはママと一緒に学校に行けてうれしそう。

教室で、りーちゃんに昨日お姉ちゃんが描いてくれた似顔絵を見せる。

「どう？　似た人知らない？」

りーちゃんはしばらく真剣に見ていたが、やがて、

「うーん、わかんない……ごめん」

と言った。

「わかんないよね。あたしもわかんない」

「ママにも聞いたけど、『直接見ないとわからない』って言ってたよ。そうだよね、普通」

結局何もわからないのだった。

送り迎えが始まってからは、特に誰からも話しかけられなかった。遊びに出かける時も誰かついてくる。やっぱり誰でもいいから子供を誘拐しようとした人なの!? あたしたちの代わりに誰かが誘拐されるのではないか、とちょっと怖かった。お父さんは、

「そんなことないよ」

って言ってくれたけれど、りーちゃんと二人でもしそういう子がいたら、どうやって助けるか、という話ばかりしてた。

しばらく何もなかったから、そろそろ大丈夫かも、とあたしたちは思っていたんだけ

ど、ある日、なんと迎えを待っていた校門前で話しかけられてしまった。

「パパだよ。迎えに来たよ。一緒に帰ろう」

その時は先生が校庭にいて気づき、すぐ走ってきた。逃げ出したその人を追いかけたが、捕まえられなかったらしい。

迎えがほんの少し遅れただけなのに、それを狙ったの？　怖い。りーちゃんとくっついて帰った。

その夜、当番だった近所のおじいちゃんは、

「すまないなあ、ぶたぶたさん」

と謝っていたが、

「そんな！　いいんですよ。子供たちが無事ならそれで充分です。先生もいたんだから」

「それでも、ほんのちょっとでも接触させたくないじゃないか……」

「協力してくださるだけでこっちはありがたいんです。うちと辻本さんだけだったら、こんなふうにはできませんから」

あたしは、隠れて聞いていたんだけど、明日からどうなるのかな、と考えていた。学

校に行けなくなってしまうかもしれない。りーちゃんに相談したいけど、もうお部屋に帰ってしまったので、明日の朝にならないと会えない。

「奥にいると思ってたよ」

気がつくと、お父さんが目の前にいた。おじいさんはもう帰ってしまっていた。気がつかなかった。

「聞いてた？」

「うん……ごめんなさい」

「いいよ、謝らなくても。気になるよね」

気になるけど、結局どういう話し合いなのかはわかってなかったりする。

「学校休むの？」

「なんで？　休みたい？」

「ううん、休みたくない」

「莉羽ちゃんもそうだって。だから、明日も普通に行けばいいよ」

「うん」

「明日は朝、莉羽ちゃんのママが送ってくれて、帰りはお父さんが行くからね」

「ほんと？」

お父さんがいれば、なんだかいろいろなことがうまくいく気がする。

次の日、朝は普通に学校に行った。いつもの朝だ。

りーちゃんは――というか、波恵さんも元気がなかった。そうなると、あたしもなんだか元気がなくなる。

もしかして、りーちゃんとは別々に学校に行った方がいいのかもしれない。そう言おうかと思ったけど、それはあたしがいやだった。りーちゃんと一緒に学校に行きたい。あたしのわがままなんだろうか。

学校までの十分くらいの間、みんないつもと同じようにしてたけど、なんとなく違ってた。でも、学校に着くとりーちゃんも安心したのか、元気になったみたい。クラスのみんなと楽しく過ごす。

けど、帰りの時間になってくるとりーちゃんはちょっと静かになってきた。あたしもちょっとドキドキしてくる。でも今日はお父さんが来てくれるし！

「お父さんがいれば大丈夫だよ。何もないはず！」

「……そうだよね」

お父さんは小さいけど、なんでもできるんだから！

放課後になって門のところへ行くと、お父さんが手を振って出迎えてくれた。

お父さんは学校でも人気者なので、門を通っていく子たちが手を振ったりハイタッチ(?　ロータッチ?)をしていく。でも中には知らない子もいて、目を丸くしたり、「何あれー！」と大きな声で言ったりしている。それがすごく面白い。りーちゃんもクスクス笑っている。

「さー、帰ろう」

「うん！」

りーちゃんもお父さんのことが大好きだから、「毎日来てほしいよねー」って二人で言ってるけど、それは無理だよねえ。

五分くらい歩いたところで、

「わー！」

と突然後ろから声がした。あ、これ……最初の時も、こんなふうに叫んでた！

みんなで振り向くと、やっぱりあのおじさんだった。

「パパだよ」

そう言って近寄ってくる。あたしを見て。

「迎えに来たよ。一緒に帰ろう」

りーちゃんがあたしの手をぎゅっと握る。

「どうしたんだい？　パパのこと、忘れちゃったの？　るわ？　るわ？」

るわ？　るわって何？

「あのー、失礼ですけど」

お父さんが声を出す。するとおじさんはびっくりしたように立ち止まり、キョロキョロし出した。

「あなた、どなたなんですか？」

この時、お父さんはあたしたちの真ん中にいて、両方と手をつないでいた。よくお父さんはこれを「捕まえられた宇宙人」っていうけど、違うと思う。宇宙人はもっと大きいと思うな。

「え？　え？」

おじさんはお父さんを見つけられないみたい。これもよくある。

「あなた、お名前は？」

「えっ、俺の名前？」

おじさんはあっちこっちに目を向けるけど、どこからお父さんの声がするのか、やっぱりわかっていない。

「名前です。どなたですか？」

「いや、あの……」

逃げるかな、と思ったけど、どうしてか逃げない。名前も言わないなあ。

「どうしてこんなことをするんですか？」

「こんなことって？」

「幼い子供に声をかけたりして。うちの子たちが怖がってるんですけど」

「うちの子たち!?」

「何回か声をかけましたよね。ちゃんとわかってるんですよ」

「わかってる――」

「今度こんなことしたら、捕まえてもらいますよ」

「捕まえるって……何に!?」

悲鳴のような声をあげた。うわー。なんだか怖い。

「何にってわかってるでしょ？」

けいさつ？　けいさつだよね、やっぱり。あたしにもわかるよ。

「防犯カメラの映像もあるし――」

とお父さんが言うと、おじさんは「ひっ」と変な声を出して、後ずさる。

「どこから声がしてるんだ⁉」

お父さんはここにいるんだけど、全然見えてないみたい。

「誰だ、お前は？」

「わたしはこの子の父親です」

「違う、俺が父親なのに！」

「違うよ！」

あたしも負けじと叫ぶ。

「あたしのお父さんは、おじさんじゃない！」

「いいんだよ、何も言わなくて」

お父さんに言われて、あたしは一応黙る。もっと言いたかったけど。

「あなた、何か勘違(かんちが)いしてますよ」

「え？　何を……？」

「この子は、あなたの娘じゃないんですよ」

「そんなことない……」

なんだか自信なさそう。

「名前も間違ってるし」

「え？」

「あなたはなんて名前の女の子を探しに来たんですか？」

その質問に、おじさんは答えられない。口を開けたまま、ポカンとしている。

お父さんは大きなため息をつく。

「あなたの娘って、本当にいるんですか？」

おじさんは、なんだか髪の毛をもしゃもしゃし始めた。

「え、わからない……」

そして、上を見た。何もない。

「ところでお名前は？」

「は？」

「あなたのお名前は？」

何も答えない。

「自分の名前もお忘れなんですか？」

おじさんはいきなり背中を向けて、そのままスタスタと歩いていく。

「もう二度と来ないでくださいよ！」

お父さんが大声で言うと、おじさんはビクッとしてキョロキョロして、今度は走って逃げてしまった。

「なんなの、あのおじさん？」

訊いたことになんにも答えてくれなかったよ。

「これで来なくなるといいんだけど」

「りーちゃん、大丈夫？」

後ろを見ると、りーちゃんがいなかった。

「お父さん、りーちゃんが！」

「ああ、莉羽ちゃんならあそこにいるよ」

お父さんが指さした先には、りーちゃんが波恵さんと一緒に立っていた。あ、波恵さんも迎えに来てくれたんだ。

「もう大丈夫ですよ」

お父さんが言うと、波恵さんとりーちゃんが手をつないでやってきた。

「ありがとうございます」

波恵さんが頭を下げる。

「今後はこちらでどうにかします。本当にすみません」

「いえいえ、こちらこそでしゃばってすみません」

「そんなこと――」

波恵さんはそのあとの言葉が出ず、静かに涙をこぼした。初めて会った時みたいに。

「ママ……」

りーちゃんが心配そうに波恵さんを見上げる。

「莉羽、ごめんね。大丈夫だから……」

「さあ、帰りましょう」

「はい……」

りーちゃんは波恵さんと、あたしはお父さんと手をつないで、みんなで家に帰った。

その夜、ごはんのあと、お父さんはあたしにこう言った。

「あの人は、莉羽ちゃんのパパだったんだよ」

「ええっ⁉　でも、全然りーちゃんのこと見てなかったよ！」

あたしにばっかり「パパだよ」って言ってた。

「あの人は、莉羽ちゃんの顔を忘れてしまっていたんだって」

「ええー！」

叫んでばっかりだ。

「でも、莉羽ちゃんもパパの顔を忘れていたんだってさ」

あたしはもう声も出なかった。

「あの人、最初なんか叫んでなかった？」

「叫んでた！『わー！』って言ってた」

「あれは、昔莉羽ちゃんのことをそう呼んでたんだって」

ああ、そうか！「りーちゃん」じゃなくて、「わーちゃん」って呼んでたのか。

「でも、莉羽ちゃんはお父さんが家にいる時も、あまり会わなかったんだって」

「どうして？」

「めったに帰ってこないっていうのもあったみたいだけど、怖いから隠れてたんだって」

「確かに怖かったね、あのおじさん」

どこが？　って訊かれると困るけど、なんとなく。

「ごめんね、怖い思いをさせて」

「よくわかんないけど、お父さんがしたことは、別に悪いことじゃないと思うけどなー」

おじさんを追っ払ったわけだし。

「そうか。どうもありがとう」

うーん、なんでお父さんにお礼言われるのかよくわかんないけど、

「今は怖くないから、別にいいよ」

「今日からしばらく一緒に寝ようね」

「わーい！」

一年生になってから一人で寝るようになったんだけど、お父さんと寝るのが一番好きだからうれしい。

「あれ？　でもあのおじさん、『るわ』って言ってたよ？」

「莉羽ちゃんが『るーちゃん』って呼ばなかった？」

「そういえば呼んだかも」

「あの人は、莉羽ちゃんの『わ』だけは憶えてたんだけど、多分上が『り』なのか『る』なのか忘れてしまったんだろうね」

あたしのことを娘だって勘違いしてたから、「るーちゃん」って呼ばれてるのを聞いて、「るわ」と思ったのか。

「大人も忘れっぽい人いるんだね」

あたしもかなり忘れっぽい方だと思うけど。

「そうだね。多分もう、来ないと思うけど、念のため送り迎えはしばらくするからね」

「わかったー」

これでりーちゃんも安心だ。

　ふとんに入っても、お父さんはなかなか来なかった。遅い！　呼びに行こう。

　居間ではまたお父さんとお母さんが話し合っていた。

「波恵さんの元旦那さんは入院をしたんだって」

「そうなの？」

「弁護士さんを通じて、そういう連絡が来たそうだよ」

「なんで入院したの？」

「さあ、そこまでは知らない。けどしばらく出てこられないみたいだよ」

「うちのは外国にいるし、誰だろうと思ったら……自分の娘の顔も忘れちゃうなんて」

「前々からちゃんと治療するように波恵さんも言ってたみたいだから、きっかけになったみたいだね」

「心配なのは子供たちよ。莉羽ちゃんは大丈夫なの？」

「莉羽ちゃんは前からカウンセリングに通ってるから、波恵さんがちゃんと相談すると思う。憶えてないからいいってことじゃないからね。でも、専門家がちゃんとついてるんだし、波恵さんも――あ、莉羽ちゃんのことをうちの子にちゃんと話してくれとも言ってたから、さっき話したよ」

「あの子、莉羽ちゃんにその話するでしょ？　大丈夫なの？」

「わからないけど、波恵さんはなかったことにはしてほしくないって言ってた。その話をするかどうかは、子供たちにまかせよう。

あ、うちの方は、しばらく僕が一緒に寝て、お話をするよ」

やった！　あたしはそーっと部屋に戻ってふとんに入り直す。

寝たふりをしていると、お父さんがやってくる音が聞こえた。

ふとんに入ってきて、

「寝たふりしてるでしょ？」

と言った。なんでわかるかなあ。きっと盗み聞きしてたのもわかってると思うけど、何話してるのかよくわかんなかったから、許してほしいなあ。

「あっ、お父さん」

「何？」

「今思いついたんだけど、りーちゃんに『るーちゃん』って呼んでもらうのやめてもらうことにするよ」

「え、気に入ってたんでしょ？」

「ううん、やっぱ自分の名前を呼んでもらう方がいいや」

「りーちゃん」も「莉羽ちゃん」に変えようかな。でもそれは、りーちゃんに決めてもらおう。

「なんでそんなこと考えたの？」

「なんとなく」

なんかその方がいいと思ったから。自分の名前だって「るーちゃん」と同じくらいステキだし。

「あたしの名前ってお父さんがつけたんでしょ？」

お母さんからそう聞いた。

「そうだよ」

「じゃあもう、るーちゃんはやめにしーよお。お父さん、何かお話して」

「はいはい」

お父さんが楽しいお話をしている間に、あたしは眠ってしまった。なんでお父さんのお話、いつも最後まで聞けないのかなあ……。

あとがき

お読みいただきありがとうございます。矢崎存美です。

今回はいつもの十二月ではなく、諸事情ありまして、一月になってしまいました。でも、中身はいつもと変わらないぶたぶたであります。

さて、今回のテーマは「シェアハウス＆シェアキッチン」です。

シェアハウス——この言葉で思い浮かぶ住居は、年齢や境遇によってだいぶ差があると思いますが、私が思い浮かべると「下宿」になってしまいます。

けっこうな年寄りだもんですから、風呂なし、トイレ共同、賄い付きみたいな下宿屋さんしか浮かばなかったりしますが、そういうのに住んだことはないのです。私が親元を離れて一人暮らしをする頃にはもう、銭湯がだいぶ少なくなってきていて、風呂なしの物件があまりなかったんですよね。狭くても風呂付きのアパートで一人暮らしというのが普通になっていった頃でした。一応バブル後期でしたしね。

それが現在は、友だちや知らない人同士で、一軒家やアパート形式のシェアハウスに手頃な家賃で住む、というのが流行りというか、そうやって節約せざるを得ないみたいな人もいるという——なんでしょうか。ちょっと時代が逆行、というより、元に戻った？　みたいな感じです……。

ただ私が書くと、管理人はぶたぶたになるわけです。昔みたいな下宿屋さんの厳しいけど人情味もあるおばちゃん管理人さんみたいなのに、ある種のあこがれもありますが、ぶたぶたはそんなに厳しくはないのです。

どちらかというと、「アパートの管理人」という単語で真っ先に思い浮かぶ高橋留美子さんのマンガ『めぞん一刻』の響子さんに近いかもしれない。響子さんは住人のごはん作ってなかったと思いますが。

そんな、響子さんに負けず劣らずかわいい、ぶたぶたの管理人さんをお楽しみいただけていたらうれしいです。

ところで、前作『ぶたぶたのティータイム』のあとがきにトークイベントのレポートを書きましたけれど、今回もあります。二〇一九年八月十日、ジュンク堂書店池袋本店さんにて行った「笑いと涙と不思議、山崎ぶたぶたの世界！」。ゲストはホラー作家・井上雅彦さん（ありがとうございました！）です。

井上さんと私は、かなり古いつきあいです。もう三十年以上になりますか。二人ともまだ小説家になる前からです。星新一ショートショートコンテストの受賞者先輩として知り合った井上さんたちから同人誌に誘われ、一緒にプロになるべく切磋琢磨した仲間なのです。

そんな思い出話や、『ぶたぶたのいる場所』などに収録されている井上さん編集『異形コレクション』へ提供した短編のことや、ぬいぐるみの話などを、二人で語りました。……そのはずです。なんかもう、目まぐるしくてですね、よく憶えていないのです……。サイン会もやりましたが、たくさん並んでいただいて、そこでもちゃんと対応できたのかと、ほんと記憶がおぼろで……。

いらした方々は楽しんでいただけたのかしら。短い時間でしたが、ありがとうございました。お声がけしてくださったジュンク堂書店さんにも感謝です！

今回の手塚リサさんの表紙は「おにぎりを握るぶたぶた」です。

ちょこっとしか出てこないのに、これが手塚さんの印象に残ったということですよね。

最近、好きなおにぎり屋さんがあって、そこをイメージして書いたんですけど、それがバレたということか。

それと同時に、茄子への愛を語りたいと思う今日この頃です。もっと言えば、油をたっぷり吸った茄子への愛！

思い出した。

「ぶたぶたの作った料理で一番好きなのはなんですか？」

という質問はトークイベントで出たのではなかろうか。それに、

「甘酢揚げなす定食」（『ぶたぶたの休日』に出てきます）

と答えた私。

アラフィフぎりぎりであっても、好みは変わらないのね、と思うのでした。

いろいろお世話になった方々、ありがとうございました。

次は何月になるのか――いや、出るペースはそれほど変わらないとは思いますので、
またいつものようにお待ちくださいね！

光文社文庫

文庫書下ろし

ぶたぶたのシェアハウス

著者　矢崎存美（やざきありみ）

2020年1月20日　初版1刷発行

発行者　鈴木広和
印刷　萩原印刷
製本　ナショナル製本

発行所　株式会社　光文社
〒112-8011　東京都文京区音羽1-16-6
電話（03）5395-8149　編集部
8116　書籍販売部
8125　業務部

ISBN978-4-334-77946-7　Printed in Japan

組版　萩原印刷